Collection Grégoire Manos

Février 1912

Collection Grégoire Manos

Février 1912

ORDRE DES VACATIONS

Ire Vacation. — Lundi 26 Février

Porcelaines de la Chine	Nos	59	à	101
Bronzes et Cloisonnés de la Chine	Nos	137	à	167
Porcelaines du Japon	Nos	171	à	202
Bois sculptés du Japon	Nos	332	à	342
Laques du Japon	Nos	368	à	394
Inxos	Nos	441	à	460
Ustensiles de fumeurs	Nos	505	à	517
Netsukes	Nos	527	à	536
Armes et Armures	Nos	566	à	577
Paravents	Nos	599	et	600

2me Vacation. — Mardi 27 Février.

Porcelaine de la Chine	Nos	1	à	30
Bronzes de la Chine	Nos	102	à	120
Laques de la Chine	Nos	168	à	170
Porcelaines du Japon	Nos	265	à	288
Bronzes du Japon	Nos	307	à	331
Bois sculptés	Nos	343	à	354
Laques	Nos	395	à	416
Imos et Peignes	Nos	474	à	496
Netsukes	Nos	537	à	551
Armes	Nos	578	à	598

3me Vacation. — Mercredi 28 Février.

Porcelaines de la Chine	Nos	31	à	58
Bronzes de la Chine	Nos	121	à	136
Porcelaines du Japon	Nos	203	à	264
Bronzes du Japon	Nos	289	à	306
Bois sculptés du Japon	Nos	355	à	367
Laques	Nos	417	à	440
Imos	Nos	461	à	473
Peignes	Nos	497	à	504
Ustensiles de fumeurs	Nos	518	à	526
Netsukes	Nos	552	à	565
Etoffes	Nos	601	à	608

Collection de Son Exc. M. MANOS

Ancien Ministre de Grèce à Vienne

PREMIÈRE PARTIE

Porcelaines de la Chine

BRONZES ET CLOISONNÉS CHINOIS
LAQUES ET BOIS CHINOIS

PORCELAINES et POTERIES du JAPON

BRONZES ET CLOISONNÉS JAPONAIS
BOIS SCULPTÉS DU JAPON
LAQUES DU JAPON
PEIGNES, USTENSILES DE FUMEURS, NETSUKÉS
ARMES ET ARMURES
PARAVENTS
ETOFFES DE LA CHINE ET DU JAPON

Dont la vente aura lieu à l'HOTEL DROUOT, Salle n° 7

Les Lundi 26, Mardi 27 & Mercredi 28 Février 1912

A DEUX HEURES

COMMISSAIRE-PRISEUR	EXPERT
Me LAIR-DUBREUIL	Me André PORTIER
6, RUE FAVART	24, RUE CHAUCHAT

Chez lesquels se distribue le présent Catalogue.

EXPOSITION PUBLIQUE :

Le DIMANCHE 25 FÉVRIER 1912, à l'HOTEL DROUOT, Salle N° 7

De 2 heures à 6 heures.

CONDITIONS DE LA VENTE

Elle sera faite expressément au comptant.

Les acquéreurs paieront 10 p. 100 en sus des enchères.

L'exposition mettant les amateurs à même de se rendre compte de l'état des objets, il ne sera admis aucune réclamation, une fois l'adjudication prononcée.

L'expert sera présent à l'Exposition publique et se tiendra à la disposition de MM. les Amateurs qui auraient des renseignements à lui demander ou des ordres d'achat à lui confier.

PORCELAINES DE LA CHINE

1. — Grand vase à panse arrondie, en poterie à glaçure verte.
Epoque Han. Haut. 0 m. 30.

2. — Petit vase, à panse sphérique. Glaçure argentée à taches vertes.
Epoque Han. Haut. 0 m. 10 1 2.

3. — Deux figures en poterie tendre. Pièces de tombeau.
Epoque Tang Haut. 0 m. 28.

4. — Petite bouteille céladon craquelé. Socle bois sculpté.
Epoque Sung.

5. — Grande bouteille craquelée crème décorée entre deux zones de grecques, de palmes et de médaillons divers.
Epoque Sung. Haut. 0 m. 36.

6. — Petit pot couvert, en émail crème à joli décor manganèse.
Epoque Sung. Haut 0 m. 13.

7. — Bouteille en forme de gourde gravée sous couverte blanche de rinceaux fleuris, socle bois sculpté.
Epoque Sung. Haut. 0 m. 30.

8. — Deux porte-bouquets représentant des personnages à califourchon sur des éléphants, socle bois sculpté.
Epoque Sung. Haut. 0 m. 15.

9. — Vase à col évasé décoré sur la panse de deux zones de grecques, le col portant deux anses dentelées. Glaçure brun vert foncé, socle bois sculpté.
Epoque Sung. Haut. 0 m. 40.

10. — Grand bol céladon. Socle bois sculpté.
Epoque Yuen.

11. — Soucoupe lobée, en céladon craquelé.
Epoque Sung. Haut. 0 m. 21.

12. — Vase tubulaire décoré sur couverte bleutée de motifs quadrillés.
Corée. Epoque Ming. Haut. 0 m. 25.

13. — Petite coupe plate, glaçure bleutée.
Epoque Yuen. Diam. 0 m. 18.

14. — Grand vase céladon, les deux anses détachées, décoré, en léger relief, de fleurs stylisées. Socle bois sculpté.
Epoque Ming. Haut. 0 m. 34.

15. — Petit vase hexagonal flammé bleu clair à taches bleu foncé. Socle bois sculpté.
Epoque Ming. Haut. 0 m. 12.

16. — Très beau groupe formant jardinière, représentant une forêt de bambous, aux jolies feuilles à émaux verts et rouges rehaussés d'or. Devant ce massif, sont groupés les Sept Sages, tenant des écrits divers et accompagnés d'un jeune serviteur.
Très belle pièce. Epoque Ming. Haut. 0 m. 25.

17. — Porte pinceaux, formé d'un temple dans les rochers.
Epoque Ming.

18. — Vase à panse élevé à couverte chamois à double craquelure. Socle bois sculpté.
Epoque Sung. Haut. 0 m. 31.

19. — Petit vase à couverte crème finement craquelée. Socle bois sculpté.
Epoque Sung.

20. — Petit pot en poterie à couverte noire.
Epoque Ming.

21. — Lion chimérique formant brûle parfums en poterie brune. Au fond inscription de bons souhaits.
Epoque Ming. Haut. 0 m. 30.

22. — Grande potiche en porcelaine bleu et blanc, décorée d'un fin semis de chrysanthèmes.
Epoque Ming. Haut. 0 m. 35.

23. — Petite coupe creuse en joli blanc de Chine. Socle bois sculpté.
Epoque Ming. Haut. 0 m. 14.

24. — Petite coupe à libations en blanc de Chine.
Epoque Ming.

25. — Fragment de tuile à décor de dragons en haut relief. Jolie couverte jaune. Pièce provenant de tombeaux Ming.

26. — Jolie coupe en forme de feuille de lotus sur laquelle est posée une petite grenouille. Belle couverte brun noir. Socle bois sculpté.
Epoque Ming.

27. — Petit vase à joli couverte vert foncé décoré sur la panse d'un médaillon à jolie tonalité jaune brun. Socle hexagonal fixe.
Epoque Ming. Haut. 0 m. 20.

28. — Grand cornet en porcelaine bleu et blanc, décoré au col d'une zone, gravée, surmontant des motifs à guerriers et à fleurs finement exécutés. Au centre, petite panse saillante, décorée de grues et de nuages.
Epoque Khanghi. Haut. 0 m. 44.

29. — Beau vase flammé à fond rouge moucheté d'oxydations d'argent. Deux anses tubulures. Socle bois sculpté.
Epoque Kienlung. Haut. 0 m. 36.

30. — Ex-voto représentant une Kwannon assise, les mains ramenées dans le giron, devant un limbe à bord dentelé. A ses pieds, sur le socle de lotus, se tiennent deux petits serviteurs. Bleu et blanc. Socle bois sculpté.
Epoque Ming. Haut. 0 m. 26.

31. — Cornet bleu et blanc décoré sous couverte d'une zone de grandes palmes surmontant des rinceaux fleuris. Socle bois sculpté.
Epoque Ming. Haut. 0 m. 40.

32. — Vase à panse étranglée décoré d'un dragon impérial manganèse au milieu de nuages bleus. Socle bois sculpté.
Epoque Ming. Haut. 0 m. 33

33. — Grand vase à col allongé et irrégulièrement dentelé, portant un décor en relief simulant un ruban noué. Jolie couverte vert olive. Socle bois sculpté.
Epoque Kienlung. Haut. 0 m. 58.

34. — Figure représentant une divinité assise sur un rocher, l'ibis sacré à ses pieds. La divinité joue d'une guitare posée sur ses genoux.
Epoque Ming. Haut. 0 m. 35.

35. — Joli groupe représentant une Vierge et l'Enfant, en pâte blanc crème à fines craquelures. Rehauts de manganèse.
Haut. 0 m. 44.

36. — Petit groupe. Vierge et Enfant.
Haut. 0 m. 15.

37. — Très beau vase, trois couleurs, le col décoré de palmes, la panse offrant quatre médaillons de dragons impériaux poursuivant la perle sacrée. Au pied, un décor d'oiseaux dans les branches.
Epoque Ming. Cachet Wanli. Haut. 0 m. 30.

38. — Grand vase à panse cotelée, décoré, au col, de longues palmes. Pâte à petites craquelures et à coulées bleues et rouges.
Epoque Kienlong. Haut. 0 m. 52.

39. — Petit vase à col évasé en jolie porcelaine verte à petites craquelures. Cachet au dos : Chingwa.
Epoque Kienlong. Haut. 0 m. 15.

40. — Chien de Fô accroupi, une patte posée sur la boule du monde, ajourée. Porcelaine blanche à rehauts manganèse.
Haut. 0 m. 27.

41. — Jolie bouteille, à col bulbeux, décorée sur fond noir d'un gigantesque dragon d'or poursuivant la perle sacrée au milieu des nuages. Socle bois sculpté.
Epoque Kienlong. Haut. 0 m. 33.

42. — Grand vase à panse cotelée, à tonalité vert olive foncé. Socle bois sculpté.
Epoque Kienlongq. Haut. 0 m. 36.

43. — Une paire de chimères accroupies, émaillées sur biscuit, en vert, jaune et violet.
Epoque Khanghi. Haut. 0 m. 18.

44. — Deux autres chimères, porte-bouquets, même décoration.
Epoque Khanghi. Haut. 0 m. 15,

45. — Deux autres chimères, plus petites.
Epoque Khanghi.

46. — Jolie coupe plate à pans coupés et à couverte jaune foncé.
Epoque Ming.

47. — Deux bols creux, à couverte crème craquelée. Socle bois sculpté.

48. — Petite gourde à trois cols conjugués à jolie couverte aubergine. Socle bois sculpté.
Epoque Khanghi. Haut. 0 m, 12.

49. — Jolie bouteille à large col, clair de lune.
Epoque Khanghi. Haut. 0 m. 27.

50 Une paire de vases sur piédouche élevé, en porcelaine grise, à larges craquelures. Deux anses mascarons à anneaux fixes.
Signé Khanghi. Haut. 0 m. 20.

51. — Joli bol creux, s'évasant légèrement, décoré à l'intérieur d'un médaillon de dragons et extérieurement des huit Immortels (Pa'hsien).
Famille verte. Epoque Khanghi.

52. — Bol à décor de poissons en émaux aubergine, corail et brun foncé.
Epoque Khanghi. Diam. 0 m. 15.

53. — Joli bol creux décoré sur fond gros bleu de jardinières fleuries. A l'intérieur, une zone corail à fin décor or et au fond un motif fleuri partiellement effacé, socle bois sculpté.
Epoque Khanghi. Diam. 0 m. 23.

54. — Pot en forme de boule à décor de chrysanthèmes fleuris.
Famille rose. Epoque Youngching. Haut. 0 m. 18.

55. — Deux assiettes en jolie porcelaine blanche, à décor de fleurs et de papillons.
Epoque Youngching Diam. 0 m. 20.

56. — Deux petites soucoupes en joli émail vert concombre. Socle en bois sculpté.
Diam. 0 m. 11.

57. — Grand plat céladon, décor à fond quadrillé, entouré d'une zone de rinceaux fleuris.
Epoque Ming. Diam. 0 m. 44.

58. — Grand plat décoré de deux coqs au milieu des pivoines en fleurs. Sur le marli, un décor rose quadrillé avec six médaillons en réserve.
Epoque Youngching. Diam. 0 m. 35

59. — Grand plat décoré de trois motifs fleuris séparés par des zones bleu fouetté, rehaussées de fleurs de pruniers en ors atténués.

Le *Bristists Muscum* qui possède un plat similaire le déclare " Début de la famille rose, fin Khanghi ". Diam. 0 m. 38.

60. — Très beau vase balustre quadrilatéral, portant deux anses détachées et décoré sur les deux grandes faces de personnages et d'enfants et sur les autres faces de troncs de bambous corail.

Famille rose. Epoque Youngching. Haut. 0 m. 55.

61. — Deux jolies potiches couvertes à décor d'oiseaux chimériques et d'ibis au milieu de pivoines fleuries.

Très jolie paire : Famille rose. Haut. 0 m. 48.

62. — Joli groupe composé des huit figures des Immortels « Pa'hsien » massés sur deux socles hémisphériques, dans des poses diverses et pleines de vie. Poterie brune à couverte verdâtre craquelée.

Jolies pièces attribuées à l'époque Kienlong. Chaque statuette 0 m. 30.

63. — Jolie boite à thé, décorée sur porcelaine blanche de bouquets fleuris polychromes.

64. — Service composé de dix pièces s'emboitant les unes dans les autres, en jolie porcelaine trois couleurs, vert dominant, à décor intérieur d'attributs divers et offrant extérieurement les « huit objets précieux ».

Epoque Khanghi.

65. — Une paire de petits vases en porcelaine bleutée à fines craquelures portant deux anses à têtes d'éléphants. Sous couverte sont gravés des caractères formant souhaits de longue vie.

Haut. 0 m. 11.

66. — Petite bouteille bleue fouetté monochrome. Socle bois sculpté.

Cachet Kienlong. Haut. 0 m. 11.

67. — Joli petit vase balustre gravé sous couverte lilas de motifs fleuris.

Epoque Khanghi.

68. — Un petit vase en forme de gourde, à couverte gris craquelé. Socle bois sculpté.

69. — Petit vase balustré portant deux anses détachées. Couverte vert olive.

Haut. 0 m. 11.

70. — Petit brûle-parfum, couvercle métal ajouré. Couverte moutarde.

71. — Petite burette en porcelaine, à décor bleu et manganèse, socle bois sculpté.

72. — Petite boite à fard décorée d'un dragon impérial, en porcelaine bleue blanc.

73. — Bol évasé en porcelaine blanche à décor fleuri polychrome.

74. — Boite à fard, le couvercle plat, à décor de rinceaux fleuris.

75. — Un crachoir, en porcelaine craquelée à décor de poissons.
Famillle verte.

76. — Une paire d'encriers à décor de fleurs et de papillons. Socle bois sculpté.

77. — Une paire de vases à fond vert clair décorée de chrysanthèmes polychromes. Socle bois sculpté.
Haut. 0 m. 16.

78. — Une boite à fard en porcelaine blanche à décor de dragons. Socle bois sculpté.

79. — Petit pot à encens, en jolie porcelaine olive foncé. Bois sculpté.

80. — Jolie théière bleu et blanc, monture argent.

81. — Petite théière à décor de personnages.

82. — Petite bouteille monochrome, à couverte jaune.

83. — Six petites tasses, fond argent, à décor de caractères bleus.

84. — Quatre petites tasses et leurs soucoupes extérieurement chocolat intérieurement décorées de fleurettes polychromes.

85. — Deux tasses et leurs soucoupes, même style.

86. — Deux autres tasses, décor à personnages et poésies.

87. — Deux bols bleu et blanc, à décor de fleurettes.

88. — Très belle théière, hexagonale, décor à personnages et à fleurs, d'une grande finesse.

89. — Petite bouteille à couverte vert tendre avec réserves blanches de branches fleuries.
Haut. 0 m. 11.

90. — Grande cuvette en porcelaine bleu et blanc décorée intérieurement d'un médaillon de dragons dans les nuages et extérieurement de dragons poursuivant la perle sacrée. Socle bois sculpté.
Très belle signature : Youngching. Diam. 0 m. 36.

91. — Coupe creuse à jolie tonalité sang de beuf.
Cachet Kienlong. Diam. 0 m. 18.

92. — Une jolie coupe basse à couverte corail.
Epoque Kienlong.

93. — Petit vase en porcelaine à décor marbré.
Epoque Kienlong. Haut. 0 m. 17

94. — Bol creux à décor de chrysanthèmes et de fleurettes sur fond rou vif. Socle bois sculpté.
Cachet Kienlong. Diam. 0 m. 17.

95. — Joli plat à marli dentelé, décoré sur fond céladon, du caractère du bonheur, entouré d'ornements simulant des chauve-souris. Socle bois sculpté.
Cachet Kienlong. Diam. 0 m. 29.

96. — Deux vases cornets à décor polychrome.
Famille rose. Haut. 0 m. 16.

97. — Deux vases cornets minuscules.
Famille rose. Haut. 0 m. 09.

98. — Bouteille à long col droit légèrement évasé, à décor de lions chimériques.
Cachet Kienlong. Haut. 0 m. 24.

99. — Petit vase à couverte craquelée crème.
Haut. 0 m. 13.

100. — Deux vases applique, à décor d'enfants chinois jouant.
Epoque Taokouang. Haut. 0 m. 20.

101. — Grand plat creux décoré, intérieurement d'un oiseau de Hô au milieu de rinceaux fleuris, et sur le marli, de branches de pêches de longévité. Extérieur à décor de chauves-souris.
Epoque Kienlong. Diam. 0 m. 25.

BRONZES DE LA CHINE

CLOISONNÉS ET ÉMAUX PEINTS

---

102. — Vase à sacrifice : la partie supérieure, formant récipient, est trilobée et porte deux anneaux. Elle repose sur un trépied creux surmonté de trois têtes rappelant les ogres Tao-tieh.
Couvercle en bois surmonté d'un ornement en jade gris, sculpté à jour.
Pièce rare à belle patine brune et à oxydations vertes et rouges.
Epoque Han, peut-être antérieure. Haut. 0 m. 21.

103. — Une paire de vases à panse renflée, simplement décorés de deux zônes en relief formant anses et portant deux larges anneaux mobiles.
Jolies pièces d'autel, sans fond, à belle patine brune. Métal d'une grande sonorité.
Epoque Ming. Haut. 0 m. 385.

104. — Fer à repasser, décoré de dragons se poursuivant au milieu des nuages. La poignée est en tête de tao-tich, la gueule largement ouverte permettant l'entrée du manche de bois.
Epoque Ming. Largeur 0 m. 23.

105. — Brûleur à jolie patine verte décorés d'oiseaux affrontés sur fond de fines grecques.
Le dessous porte une marque de fondeur ; losanges entourant une signature.
Très bonne pièce. Epoque Han.

106. — Une paire de vases tubulaires hexagones, entièrement ajourés, décorés sur quatre faces de Pa-hsien, détachés en relief, et sur les deux autres faces de panneaux fleuris.
Epoque Ming. Haut. 0 m. 27

107. — Petit vase à huile à col élancé portant cinq anses tubulures, le corps étant quadrilobé.
Epoque Ming. Haut. 0 m. 28.

108. — Deux brûleurs tripode en bronze doré, le col portant deux boucles. Socle en bois sculpté.
Cachet Ming Siouante Diam. 0 m. 12.

109. — Jolie vasque lobée, en forme de fleur entr'ouverte. Bronze à belle patine rougeâtre.
Époque Ming Siouante.

110. — Grand brûle-parfum. Bronze rituel tripode.
La panse est unie et à jolie patine brun rougeâtre.
Le trépied et les deux anses sont à tào-tieh.
Couvercle ajouré de rinceaux fleuris surmonté de la chimère, Ki-lin un des quatre animaux de bon augure, appuyant sa patte sur une sphère mobile. Socle en bois sculpté.
Epoque Ming Siouante — Haut. 0 m. 46

111. — Vasque en bronze à patine claire décorée de longues palmes, sur fond de grecque. Au col, une zone d'animaux chimériques. Deux anses détachées à tête de taotie.
Epoque Ming Siouante — Diam. 0 m. 11.

112. — Autre brûle-parfum tripode, la panse rebondie décorée de tao-tieh et de longues palmes. Le tripode est formé de têtes chimériques dont les trompes forment pieds.
Couvercle ajouré de Kouas et surmonté d'une chimère Ki-lin, la patte sur une sphère.
Les anses sont formées de deux animaux chimériques s'efforçant d'atteindre le couvercle. Socle même matière.
Epoque Ming Siouante. — Haut. 0 m. 27.

113. — Joli brûleur en bronze rouge à taches claires, le corps formant quatre lobes dont deux portant en guise d'anse des papillons aux ailes déployées.
Epoque Ming Siouante.

114. — Brûle-parfum sur tripode élevé à tête de tao-tieh. La panse rebondie et surmontée d'une zone de grecques où prennent naissance deux anses revenant en S sur le couvercle surmonté d'une chimère Ki-Lin. Joli socle bois sculpté.
Epoque Ming. — Haut. 0 m. 28.

115. — Joli brûleur en bronze à belle patine rougeâtre, la panse portant deux petits mascarons tao-tieh. Socle et couvercle en bois sculpté.
Jolie pièce signée. Epoque Ming Siouante.

116. — Petite chèvre en équilibre sur trois pattes, mordillant une tige fleurie.
Epoque Ming. — Haut. 0 m. 15.

117. — Vasque en bronze doré, décorée, au col d'une zone de rinceaux fleuris supportant deux mascarons à tao-tieh et au pied d'une jolie zone de pétales de lotus accolées.
Cachet Ming Siouante. — Haut. 0 m. 10.

118. — Animal chimérique accroupi portant sur son dos une sorte de harnachement destiné à recevoir le miroir. Socle bois sculpté.
Jolie pièce à patine or. Epoque Ming. — Long. 0 m. 22.

119. — Vase cornet à col évasé et gracieusement dentelé, à décor de longues palmes.
Epoque Ming. — Haut. 0 m. 17.

120. — Petit vase à décor de salamandres.
Haut. 0 m. 17.

121. — Presse-papier formé de deux dragons chimériques entrelacés et affrontés. Socle bois sculpté.

122. — Petit brûle-parfum sur tripode élevé à arabesques.
Le corps porte une zone de grecques avec caractères anciens. Deux anses anneaux. Patine or brun.
Epoque Ming.

123. — Brûleur tripode en joli bronze à patine or, décoré d'animaux chimériques.
Epoque Ming.

124. — Deux brûleurs à décor de tao-tieh. Socle en bois et bouton corail.
Epoque Ming.

125. — Koro, tripode élevé, décoré sur la vasque, de tao-tieh avec arrêtes saillantes. Deux anses boucles retiennent le couvercle en bois sculpté et ajouré, surmonté d'un bouton de jade. Socle bois sculpté.
Epoque Ming. Haut. 0 m. 21.

126. — Petit vase élancé, le col portant une petite zone de grecques, le corps deux médaillons de personnages séparés par des mascarons tao-tieh. Socle fixe.
XVIIIe siècle Haut. 0 m. 22.

127. — Très joli cerf, la tête levée et fière, le corps décoré de feuilles de kiri finement rehaussées d'ocre. Une feuille de kiri ciselée formant le couvercle. Pièce absolument remarquable par la grâce de l'attitude et la simplicité de ligne.
Haut. 0 m. 31.

128. — Groupe en bronze représentant le philosophe chinois Lao-tseu à califourchon sur un bœuf. A côté de lui, un jeune garçon, une gourde à la main, les regarde.

« Cette pièce offre à côté de son caractère artistique un côté original. Il suffit en effet de remplir d'eau le corps du buffle et d'aspirer dans la petite gourde que tient l'enfant pour voir l'eau s'écouler jusqu'à épuisement. »

129. — Une paire de brûle-parfums tripode, décorés sur la panse rebondie de deux médaillons de dragons dans les flots. Couvercle ajouré surmonté d'une chimère Ki-Lin. Anses détachées en forme de tortues marines.
Haut. 0 m. 18.

130. — Jolie brûle-parfums en bronze doré en forme de grosse pêche entourée de branches se détachant de la masse et formant trépied.
Couvercle ajouré du même décor.
Haut. 0 m. 20.

131. — Coro en forme de petit lion chimérique, la tête mobile sur charnière formant couvercle.
Jolie petite pièce à belle patine rouge.
XVIIe siècle. Haut. 0 m. 09.

132. — Brûle-parfums en forme d'éléphant, le couvercle ajouré, à incrustation d'argent.

Long. 0 m. 25.

133. — Deux petites chimères Ki-lin accroupies, la patte posée sur une sapèque perforée. Petits porte-bouquets.

Haut. 0 m. 14.

134. — Un petit vase en bronze, la panse quadrilatérale décorée de fleurs et de grecques.

135. — Un petit vase, la panse gravée, en bronze doré. Socle bois.

136. — Elégant brûle-parfums, la vasque en bronze à jolie patine rougeâtre, de forme quadrilobée, portant deux anses papillons.

Signé : Ming Suente.

BRONZES DU THIBET

---

137. — Vajrasatva, le premier des Yidam ou " Protecteurs ". Debout avec la Çakti qu'il enserre de ses bras, ses mains se croisant. La Çakti a le long collier de cranes. Elle enlace de ses jambes le torse du Dieu.

Vajrasatva foule aux pieds un petit personnage étendu sur un animal, se tenant lui-même au-dessus d'un personnage étendu sur un socle de lotus.

Pièce d'une jolie ciselure.

Signée « Ming Siouante ». Bronze doré Haut. 0 m. 24.

« L'attitude dans laquelle se trouvent les divinités avec leurs Çakti, est appelée en Thibétain Yab-Yum, c'est-à-dire littéralement Père-Mère. Rien que ce terme indique qu'aux yeux des croyants, il ne s'agit dans cette attitude que de la procréation, et il faut dire qu'aucun bouddhiste n'y voit quelque chose d'obscène. D'après les livres sacrés, au contraire, c'est l'emblème suprême de l'union de la matière (énergie féminine) avec l'esprit (énergie masculine) l'un fécondant, l'autre pour créer la vie (énergie vitale d'un nouvel être) ».

Note extraite du catalogue de M. Leroux. (Vente Forgeron. Mars 1910).

138. — Cyamavarna, la Tara par excellence, divinité féminine. Assise sur un socle de lotus, une jambe pendante, l'autre repliée dans la pose du lalita, elle fait de la main gauche levée le geste qui rassure et de la main droite abaissée, le geste de charité. Le costume se compose de la jupe serrée à la taille par une ceinture à boucle. Le buste est nu, un collier pend sur la poitrine. La tête est couronnée du diadème des bothisatvas. Des tiges de lotus partant du socle viennent former une sorte de limbe.

Bronze doré gravé avec incrustations de turquoise et de perles Haut. 0 m. 18.

139. — Usnisha Vijaya, à huit bras et à trois têtes diademées. Elle est accroupie sur un lotus, ses bras exécutant les gestes symboliques.

Haut. 0 m. 12.

140. — Çakyamouni assis, les jambes repliées, dans la pose de la méditation, les deux mains ouvertes reposant l'une sur l'autre la paume en-dessus, les doigts entrecroisés, les pouces se touchant par leur extrémité.
Bronze doré signé Kien-Lung. Haut. 0 m. 22.

141. — Autre statuette de Çakyamouni, dans la même pose.
Bronze doré. Haut. 0 m. 21.

142. — Maitreya, accroupi, dans la pose de la méditation. Il est assis, sur le lotus, coiffé du diadème aux cinq lobes.
Bronze à patine noire. Haut. 0 m. 17.

143. — La Tara blanche, avec le troisième œil au front. Elle est coiffée du diadème à trois lobes, et accroupie, les jambes repliées. A son cou pend un double collier.
Elle tient dans sa main un vajra.
Bronze doré. Haut. 0 m. 16.

144. — La naissance du Bouddha Çakyamouni. Debout sur un lotus épanoui, l'enfant élève la main droite vers le ciel, et abaisse la gauche vers la terre en signe de prise de possession du monde. Il est vêtu seulement d'une étoffe nouée autour de la taille. Socle bronze.
Bronze doré. Haut. 0 m. 16.

145. — Le Bodhisatva Kwannon debout. Grand personnage à coiffure pointue, faisant de deux mains des gestes mystiques. Jolie pièce élégante.
Socle bois sculpté et ajouré. Haut. 0 m. 25.

146. — Joli petit Bouddha ancien, debout sur le lotus sacré, les bras démesurément long.
Bronze à patine verte. Haut. 0 m. 11 1/2.

147. — La naissance du Bouddha Çakyamouni. Debout sur une chaise dont les bras sont formés de têtes de dragons enroulés.
Bronze doré. Haut. 0 m. 25.

148. — Deux statuettes de Li-tie-Kouaï, le dieu des mendiants. Il est représenté dansant, debout le torse nu, dans l'une la jambe appuyée sur son crapaud à trois pattes, dans l'autre tenant son crapaud dans la main.
Haut. 0 m. 22.

149. — Deux statuettes de personnages divers.
Haut. 0 m. 25.

150. — Deux jolies statuettes de danseuses, gracieusement enrubannées, élevant un petit koro.
Haut. 0 m. 19.

BRONZES DIVERS

151. — Très beau vase mongol, la panse large et basse décoré de zones cloutées et de caractères.
Ances circulaires formant disques de chaque côté du col.
Origine Mongole. Haut. 0 m. 23.

152. — Grande aiguière, en cuivre, avec applications de cuivre repoussé. Anse et goulot à décor de dragons.
Pièce très intéressante, d'origine thibétaine.
Haut. 0 m. 50; Diam. 0 m. 50.

153. — Vase cornet, la panse légèrement rebondie décorée d'un serpent en haut relief. Zones cloutées.
Origine Mongole. Hamt 0 m. 33.

154. — Verseuse cylindrique finement gravée de divinités et de caractères.
Thibet. Haut. 0 m. 39.

155. — Petite aiguière en étain, finement gravée de palmes et d'attributs. Couvercle à chimères.
Perse. Haut. 0 m. 24.

156. — Deux jolies gourdes plates décorées sur les deux faces de médaillons représentant en haut relief des divinités aux mille bras tenant chacun des objets du culte. Au goulot se tiennent deux petits personnages.
Lamas, signé Ming Siouante. Haut. 0 m. 21; Diam. 0 m. 12.

CLOISONNÉS

157. — Grand cornet cloisonné, le col largement évasé, portant sur la panse et le col quatre arrêtes dentelées longitudinales, décoré sur fond turquoise de chrysanthèmes stylisés en émaux rouge, bleu et or.
Sur le pied une course d'animaux chimériques au-dessus des flots.
Très jolie pièce. Epoque Ming. Haut. 0 m. 75.

158. — Deux jolis vases cloisonnés sur fond turquoise, la panse portant deux dragons affrontés devant la perle sacrée. Au pied, joli décor d'animaux fantastiques au-dessus des vagues.
Au col une zone de palmes surmontant une zone de feuilles et guirlandes.
Deux mascarons à taoties portant deux anneaux mobiles également cloisonnés.
Epoque Ming. Haut. 0 m. 38.

159. — Petite coupe basse trépied décorée sur fond d'émaux gros bleu de deux ibis en émaux blancs sous un pin.
Epoque Ming. Diam. 0 m. 18.

160. — Jolie assiette cloisonnée, à décor de branches sylisées, en émaux vert rose et or sur fond turquoise.
Au dos, jolie patine à oxydation verte.
Epoque Ming. Diam. 0 m. 305.

161. — Petite assiette ronde, à riche décor de fleurettes polychromes sur fond, turquoise.
Epoque Ming. Diam. 0 m. 195.

162. — Coupe creuse à marli lobé et dentelé, décorée sur fond d'émail gros bleu de zones de fleurettes polychromes. Couvercle antérieur décoré d'oiseaux dans les nuages surmonté d'une feuille en bronze doré.
Epoque Ming. Diam. 0 m. 20.

163. — Brûle-parfums en forme de chimère, la tête élevée, la gueule largement ouverte.
Le corps est décoré de grosses cloisons de cuivre remplies d'émaux polychromes.
Haut. 0 m. 28.

164. — Petite bouteille à fond d'émaux turquoise décorée d'un long dragon rouge brique poursuivant dans les flots la boule du monde.
Au col bouquet de pcaonies surmontant une zone de longues palmes à jolis émaux verts.
Epoque Kienlong Haut. 0 m. 23.

165. — Garniture comprenant : Une grande bouteille et deux plus petites, toutes trois décorées sur fond d'émail rouge brique de fleurs de pêcher et de chrysanthemes stylisés.
Jolies pièces à émaux vert blanc et noir.
Epoque Kienlong. Haut. grande bout. 0 m. 45 : Haut. petite bout. 0 m. 32.

166. — Coupe creuse décorée d'un médaillon à fond turquoise où se voit un ibis dans un marais où nagent de gros poissons rouges.
Autour de ce médaillon une jolie zone d'émaux gros bleu à décor de fleurettes et de papillons finement exécutés.
Diam. 0 m. 20.

ÉMAUX PEINTS

167. — Un grand paravent à quatre panneaux décorés de huit plaques d'émaux peints sur cuivre représentant les quatre saisons de l'année. Jolis paysage maritimes et montagneux se détachant en jolies touches de couleurs harmonieusement disposées. Monture et socle en bois de fer sculpté.
Très belle pièce époque Kienlong. Haut. 1 m. 25 ; Larg. 1 m. 10.

LAQUES DE CHINE

168. — Deux jolis vases en laque « tiao ch'i » ancien laque rouge de Pékin.
La panse très large et quadrilatérale porte quatre grands médaillons ronds dont le fond gravé de fines grecques porte sur deux faces, divers attributs en relief, et sur les autres faces deux mascarons à Tao-tie formant anses.
Ces médaillons sont entourés de fines guirlandes, de caractères du bonheur et des chauve-souris de longévité. Le col et le pied sont décorés de rinceaux fleuris finement ajourés.
Très belles pièces de l'époque Kienlong. Haut. 0 m. 48. Diam. 0 m. 30.

169. — Deux jolies petites appliques en ancien laque rouge de Pékin, finement sculpté.
Elles sont en forme de gourde à doubles panses, portant deux médaillons à caractères en porcelaine verte incrustée signifiant » Ta Chi », ce qui veut dire « Grande bonne chance ».
La panse inférieure portant le caractère « Chi » est entourée d'une zone finement gravée et sculptée offrant au milieu des rinceaux fleuris les « La Chi-Hsiang » ou huit emblèmes bouddhiques de Bonheur.
Haut. 0 m. 20.

170. — Grand cabinet en laque noir décoré en laque d'or et jolies incrustations de nacre polychrome de fleurs et d'oiseaux. Sur la partie supérieure se voit un couple de coq et poule en laque d'or ancien.
Jolie pièce portant 7 tiroirs. Coins rapportés en cuivre gravés.
Haut. 0 m. 28; Long. 0 m. 48; Larg. 0 m. 30.

CÉRAMIQUE DU JAPON

POTERIES PRIMITIVES. — Pièces de Fouilles

171. — Deux boîtes couvertes et une coupe en poterie grise, décorées de zone concentriques gravées.
Ces pièces ont été trouvées dans le Foukou-oka Ken.
Collection du Baron Siebolt.

172. — Sorte de bouteille à fond rond et col évasé, même poterie. Provenant de fouilles à Minno no Kuni, village de Ikedagon. Katta yama-mura à Ishidani.
Même collection.

173. — Sorte de stèle funéraire en pierre, gravée d'une rosace.

POTERIES DE LA CORÉE

174. — Genre Tchocen Michima. Bol de forme campanulé, gravé au pourtour d'un petit quadrillé blanc dans une couverte olive.

175. — Genre Gohon. Bouteille à goulot très étroit, décorée de zones concentriques et d'effets nuageux, sous une couverte gris brun.

176. — Genre Michima. Autre bouteille, le double col superposé, gravée, sous couverte blanc crème, de petites vagues.

177. — Grand bol, très évasé, à couverte verdâtre.

178. — Bol hémisphérique, à couverte crème, décoré sur le pourtour d'un motif de petites lignes transversales, collection Pettenegg.

POTERIES DE SÈTO

179. — Joli bol hémisphérique, à couverte chamois, à petites craquelures, une goutte de la couverte curieusement solidifiée à la partie inférieure.

180. — Grande bouteille à col allongé, partiellement émaillée (Kuriyaki).
Signé : Massa.

181. — Bol à doubles parois, l'extérieur ajouré à fleurettes ; l'intérieur est à couverte crème craquelée.

182. — Bouteille à large col, cerclé de métal, à couverte jaune bleuté.

183. — Verseuse à sauce, le col trilobé, à jolie couverte noire.

184. — Mizu Koboshi à couverte noire, suremaillé de coulées d'émaux bleutés.

185. — Bouteille à sauce, partiellement émaillée blanc bleuté.

168. — Grande théière à couverte noire, la panse quadrilatérale.

187. — Presse-papiers représentant Foukourokou, en fin biscuit blanc sans émail. Pièce d'une grande finesse.

POTERIES DE KARATSU

188. — Bol de forme cylindrique, les bords élevés, décoré sur couverte crème d'une troupe de chevaux sauvages.

189. — Grand bol de forme irrégulière, à coulées d'émail brun.

190. — Pot à thé de forme cylindrique, la panse étranglée, revêtu d'une couverte noire. Bouton d'ivoire.

191. — Autre pot à thé de forme cylindro-ovoïde, à couverte brune légèreme agalisée.

192. — Pot à thé en bois laqué, imitant la poterie partiellement émaillée.

193. — Jolie bouteille, la panse étranglée, à couverte d'émaux flammés polychromes.

POTERIES DE SHIGARAKI

194. — Petit Koro, de forme cylindrique, à couverte moutarde à taches d'or

POTERIES DE HIGO

195. — Bouteille piriforme à couverte crémeuse, suremaillée au goulot de coulées vertes.

GRÈS DE BIZEN

196. — Coq debout sur un gros fruit enfeuillagé.

197. — Mizusachi de forme conique, garni près du bord de deux oreilles. Coulées d'émaux verdâtres sur la terre rouge.

198. — Personnage, un large chapeau à la main, debout près d'un tertre.

199. — Statuette d'Hoteï souriant, accoupi contre son sac aux richesses.
Imbe. XVIIIe siècle.

200. — Ao-Bizen. Vase applique en grès, à tonalité bleutée, représentant une chimère Kilin, dans les fleurs.

201. — Mizusachi de forme cylindrique, imitant un tronc de prunier rugueux. Couverte brune émaillée de taches blanchâtres. Pièce très ancienne.

202. — Porte-bouquet en forme de cheval licorne, gravé de palmes et de rinceaux. Email brique.

POTERIES DE BANKO

203. — Petit bol de forme cylindrique décoré en relief sur couverte ivorine, de vagues écumantes.

POTERIES DE RAKOU

204. — Boite à parfums en forme d'aubergine à jolie couverte noire. Bouchon en laque d'or imitant une feuille.
Cachet de Rakou.

205. — Boite à fard, à couverte rouge dans laquelle sont réservées en blanc des petites fleurs.

206. — Boite à fard, émaillée vert.

207. — Jolie boite à fard, en forme d'oiseau. Couverte mauve rosée.

POTERIES, PAR NINSEI

208. — Jolie pièce représentant une cage ajourée, au centre de laquelle se voit une cigogne accroupie.
Signée Ninsei.

209. — Potiche couverte formée de cinq compartiments s'emboitant. Décor fleuri.

POTERIES, PAR KENZAN

210. — Bol cylindrique à bords élevés, décoré sur couverte fauve, de bœufs et de fleurs se détachant en brun.
Signé Kenzan.

POTERIES, PAR HOSAN

211. — Boite à couverte craquelée, décorée d'emblèmes bouddhiques.
Collection Dietrich.
Signé Hôsan.

212. — Bol cylindrique, à décor de fleurs stylisées sur couverte noir bleuté.

213. — Petite bouteille quadrilatérale à décor fleuri, en brun.

214. — Vase porte-bouquets décoré sur une face d'une carpe dans le courant et sur l'autre de plûmes de paon.

POTERIES, PAR KINKOSAN

215. — Deux bols cylindriques à décor de nuages polychromes sur couverte bleutée.
Cachet de Kinkozan.

POTERIES, PAR MOKOUBEI

216. — Jolie bouteille en forme de hotte, la couverte rosée suremaillée de languettes crèmes. Sur le corps du vase, une poésie.

POTERIES, PAR YERAKOU

217. — Deux petits mizuire à décors polychromes.

POTERIES D'AWATA

218. — Pot cylindrique à couverte chamois décoré de motifs fleuris, bruns.

219. — Jardinière quadrilatérale, décorée sur fond fantaisie de médaillons fleuris réservés.

220. — Figure représentant un Sho-jo dansant, la robe décorée de mon. Signé Kioshi.

POTERIES DIVERSES DE KIOTO

221. — Bol très évasé à décor de fleurettes sur couverte craquelée. Signé Shimizu.

222. — Bol campanulé décoré de personnages diaboliques séparés par des caractères. A l'intérieur couverte crème craquelée.

223. — Théière à couverte crème décorée de larges feuilles en émaux bleus.

223a. — Grande boite à parfums en forme d'oie. Couverte grise craquelée. Diam. 0 m. 22.

224. — Bouteille en forme de gourde, décorée de feuilles d'érable.

POTERIES D'IMADO

225. — Statuette d'un aveugle portant une lanterne. Collection Hayashi

POTERIES DE SATSOUMA

226. — Jolie bouteille en forme de gourde à couverte noire, décorée de médaillons de chrysanthèmes réservés en blanc.

227. — Petite jonque à décor fleuri, en émaux bleus et noirs.

228. — Jolie assiette creuse, le marli guilloché, à couverte crème craquelée.

229. — Joli vase à décor de médaillons fleuris.

230. — Boite à gâteaux décorée d'herbes fleuries, une branche en relief formant prise sur le couvercle.

231. — Jolie bouteille en forme de gourde, à décor fleuri. Haut. 0 m. 31.

232. — Deux jolis bols bas, décor fleurettes. Un bol évasé, décor fleuri.

233. — Neuf bols bas, à couvertes crèmes, décorées de bouquets fleuris.

234. — Petit vase, à panse élevée, décoré d'enfants, jouant.

235. Petite figure d'enfant.

236. — Joli cache-pot cylindrique légèrement évasé, décoré des herbes d'automne. Haut. 0 m. 25 ; Diam. 0 m. 28.

237. — Quatre petites statuettes très fines, représentant des Rakan.

POTERIES, PAR SANYO

238. — Petit bol à contour irrégulier, décoré de poésies sur couverte fauve.
Cachet de Sanyo.

POTERIE, PAR SHINZAN

239. — Petite bouteille à panse surbaissée, à couverte craquelée crème.

POTERIE DE KOCHI

240. — Grand plat, le bord lobé, richement décoré de paysages.
Diam. 0 m. 33

POTERIE, PAR KAWAHAMA SHIRIOU

241. — Grand bol creux, couvert de longues inscriptions.

POTERIE, PAR KANGETSOU-RO

242. — Petite verseuse à joli décor fleuri rouge.

POTERIE, PAR KEZAN

243. — Grande théière en forme de potiron, à couverte...potiron.

POTERIE DE SEIJI

244. — Deux vases de forme différente, à couverte céladon.

245. — Petit brûle-parfums céladon, couvercle métal ajouré.

246. — Bouteille en forme de gourde à décor de fleurettes blanches.

PORCELAINE DE KAKYEMON

247. — Une jolie assiette à décor fleuri.

248. — Elégante petite coupe lobée, à décor de dragons en émaux rouges
Collection Dietrich.

PORCELAINE D'OVARI

249. — Statuette d'un personnage obèse, béatement étendu.

250. — Koboshi à décor bleu et blanc. Couvercle laqué.

POTERIE DE SHINO

251. — Bol hémisphérique, les bords élevés à couverte crème.

POTERIE, PAR CHONIN

252. — Petite bouteille décorée de dragons, à couverte craquelée, imitant le laqué.

PORCELAINE DE KOUTANI

253. — Bol sur piédouche à décor de fleurs et d'attributs en émaux polychromes.
Cachet de Koutani.

254. — Boite à parfums en forme de chimère kilin accroupie.

255. — Pot hexagonal à décor de fleurettes en émaux polychromes, le vert dominant.
Cachet de Koutani.

256. — Grande coupe creuse à décor de personnages en rouge.
Diam. 0 m. 29.

257. — Plat en faïence de Koutani, le décor représentant Yebissou, assis sur un rocher, pêchant une grosse carpe.
Diam. 0 m. 32.

258. — Autre plat, décoré d'un tigre dans les bambous.
Diam. 0 m. 33.

259. — Bouteille quadrilobe à décor de fleurs et de papillons.

260. — Joli bol creux représentant à l'intérieur Yebissou pêchant et extérieurement des canards mandarins dans les roseaux fleuris.
Cachet de Koutani.

261. — Un bol à décor polychrome.

226. — Vase de forme ovoïde, offrant des paysages montagneux.

263. — Brûle-parfums représentant un buste de Darma.

264. — Très belle boite en forme de casque, richement décorée.

PORCELAINE D'IMARI

265. — Joli bouteille à saké, la panse quadrilatérale, à décor polychrome rouge et or dominant.

266. — Une paire de jolies bouteilles piriformes.

267. — Autre bouteille piriforme, à décor fleuri, en ancien Imari.

268. — Très beau vase élancé, en ancien Imari. Joli décor fleuri
Haut. 0 m. 47.

269. — Très joli brûle-parfums imitant la forme d'une pagode.
Haut. 0 m 37.

270. — Deux brûle-parfums, décors divers.

271. — Une théière.

272. — Deux autres brûle-parfums.

273. — Très joli coupe creuse. Socle en bronze doré.

274. — Cinq bols divers, richement décorés.

275. — Cinq assiettes plates à décor fleuri polychrome.

276. — Un joli plat à barbe, décor polychrome.

277. — Deux assiettes, le marli lobé, à riche décor fleuri.

278. — Trois bols creux.

279. — Deux petites figures de femme en porcelaine Imari.

280. — Un lot de petites tasses avec leurs soucoupes diverses.

281. — Jolie bouteille à saké.

282. — Deux très beaux plats à décor d'oiseaux au milieu des fleurs.
Diam. 0 m. 65.

283. — Oreiller en porcelaine bleu et blanc, à décor de paysages.

284. — Jolie bouteille en forme de gourde en porcelaine bleu et blanc.

285. — Petit koro, en porcelaine bleu et blanc, bouchon ivoire.

286. — Rocher én porcelaine bleu et blanc, formant midzuire.

287. — Une petite thèière, porcelaine bleu et blanc.

288. — Douze valves de coquilles d'awabi, finement décorées au laqué d'or de petites scènes diverses.

BRONZES ET CLOISONNÉS DU JAPON

289. — Figure de Jiso, en prêtre, tenant la boule Mani.
Il est debout, sur le double lotus, vêtu d'une robe richement drapée.
Le dos porte une inscription « Nippon dera — Yem-me Jiso son » relatant que cette statuette provenant d'un temple japonais est la dix-neuvième figure de Jiso qui prolonge la vie.
Sur le socle inscription portant le nom du fondeur et le nom du prêtre.
Haut. 0 m. 41.

290. — Groupe en bronze représentant Foukouroukoudjou, le dieu de la longévité, au long crâne rasé, assis, entouré de ses attributs préférés, la grue et la tortue.
Collection du Comte Pettenegg Haut. 0 m. 30.

291. — Brûle-parfums figurant une chimère unicorne portant sur son dos son petit, qui forme couvercle mobile.
Jolie pièce finement ciselée.
Même collection Haut. 0 m. 24 ; Long. 0 m. 32.

292. — Jolie petite chimère formant brûle-parfums.

293. — Chandelier représentant deux chimères soutenant un corps ajouré autour duquel est enroulé un dragon.
Haut. 0 m. 65.

294. — Autre chandelier représentant un ibis debout sur une tortue marine.
Haut. 0 m. 45.

295. — Jolie statuette d'un petit personnage les mains dissimulées dans une ample manteau.
La figure est laquée. Jolie patine rouge et or.
Collection de Baron Siebolt. XVIe siècle.

296. — Deux autres chandeliers à décor de branches fleuries.
Collection du Comte Pettenegg. Haut 0 m 40.

297. — Autre chandelier formé de deux boules ajourées sur trépied élevé.
Haut. 0 m. 45.

298. — Personnage accroupi, un bâton à la main, semblant souffler en l'air.

299. — Deux godets à eau, en forme de théière en fonte de fer, l'une à décor de nuages et de vagues, le couvercle cloisonné, l'autre à décor de crabes.

300. — Godet à eau en forme de théière finement décoré de motif fleuris, l'anse formée d'une branche de vigne. Couvercle surmonté d'un papillon.

301. — Godet à eau en forme de théière, en fonte de fer décorée de caractères et de grecques.

302. — Autre godet à eau en forme de théière en fer, hexagonale. Couvercle en bois laqué à décor fleuri or.

303. — Théière en fonte laquée noir décorée en laque d'or de branches de chrysanthèmes fleuries.
Couvercle en bois laqué, même décor.

304. — Grand Koro en bronze affectant la forme d'une arche demi-circulaire, décorée de deux dragons stylisés convoitant la perle sacrée.
Couvercle à décor de chimère.

Haut. 0 m. 40.

305. — Autre Koro en forme de fruit enfeuillagé. Couvercle ajouré et socle mobile à décor de rinceaux fleuris.

Haut. 0 m. 18.

306. — Quatre petits brûle-parfums à décors divers.

307. — Pot couvert en bronze, à patine brune, décoré d'une large frise ornementale, reliant deux petites anses à têtes chimériques, supportant des anneaux mobiles, couvercle à décor de vagues et de nuages.

Haut. 0 m. 20 ; Diam. 0 m. 23.

308. — Coupe à libations, monté sur socle à trépied de têtes d'éléphants et ciselé de grecques. La coupe, en bronze à jolie patine rougeâtre, forme réchaud et est décorée de dragons stylisés et de palmettes sur fond de grecques.

Jolie pièce Haut. 0 m. 19. Diam. 0 m. 25.

309. — Autre coupe libatoire, décorée sur la panse de dragons se jouant au milieu des flots. Trépied à décor de vagues écumantes. Très jolie pièce ciselée en haut relief.

Collection Diétrich signé To-un Haut. 0 m. 14 ; Diam. 0 m. 18.

310. — Vase à fleurs en forme de bouteille. La panse surbaissée est surmontée d'un col élancé flanqué de deux anses tubulaires. Décor en relief de palmes et de motif d'oiseaux et de fleurs.

Haut. 0 m. 22.

311. — Vase à fleurs en forme de bouteille, à parois ajourés de rinceaux fleuris.

Haut. 0 m. 16.

312. — Cornet gravé, sur fond de grecques, de paysages montagneux. Deux anses mobiles en forme de chimères.

Haut. 0 m. 17.

313. — Deux vases cornets à col évasé.

Haut. environ 0 m. 19.

314. — Joli brûle-parfums couvert, représentant deux oiseaux dos à dos, liés par le cou.

Haut. 0 m. 16.

315. — Brûle parfum représentant un éléphant accroupi, sur le dos duquel est juché un petit singe. Bronze laqué.

316. — Petite jardinière, représentant un vase minuscule, dont la grande anse est entourée d'une gracieuse branche de vobulis.

Haut. 0 m. 18.

317. — Vase à fleurs en forme de tube quadrilatéral portant quatre médaillons d'oiseaux. Jolie patine rougeâtre.

Haut. 0 m. 12.

318. — Brûle parfums, en forme de pagode sur le dos d'un gigantesque dragon. Pièce finement ciselée.

Haut. 0 m. 45.

319. — Jolie théière en bronze, à patine rouge incrustée de motifs fleuris en métal argenté.

Haut. 0 m. 20.

320. — Compte-gouttes en forme de crapaud.

321. — Deux compte-gouttes. Théière à couvercle cloisonné. Oiseau.

322. — Un reliquaire, contenant une larme de Bouddha et deux petits vases à encens.

323. — Papillon et cigales en fer articulé.

324. — Cache-pot en fer, imitant un panier en grosse vannerie.

325. — Deux jolies lanternes en fer forgé et deux hampes de suspension.

Collection du Baron Siebolt

325*b*. — Jolie bonbonnière en argent, incrustée sur le couvercle de shakoudo et d'or, à décor d'oiseaux dans les branches fleuries.

326. — Très beau brûle-parfums, à panse large et rebondie, décorée d'une zone sur fond gravé à méandres de têtes de taotiehe, de dauphins et d'oiseaux. Il porte deux anses détachées à têtes de licorne. Couvercle arrondi, portant huit palmes en saillie, ajourées, socle fixe quadrilatéral, gravé d'ornements stylisés. A l'intérieur, traces de caractères mi-effacés.

Influence chinoise. Style des Han. Haut. 0 m. 55.

CLOISONNÉS JAPONAIS

329. — Vase ancien, cloisonné, à col largement évasé, posé sur un socle, tous deux décorés de chrysanthèmes.

Collection Diétrich — Haut. 0 m. 43.

330. — Deux petites jardinières cloisonnées.

331. — Cinq tasses et bols cloisonnés.

CHAPELLES BOIS SCULPTÉ

332. — Grand temple, à toit de pagode, en bois finement sculpté, doré et peint décoré de frises de dragons et d'oiseaux de Hô, encadrant une porte à deux vantaux richement sculptés.

Les deux panneaux intérieurs de la porte sont en laque d'or, à décor de fleurs de lotus et de nuages.

A l'intérieur satuette de Foudo, assis sur un rocher, devant un limbe de flamme. Le temple est posé sur un soubassement à galerie, portant en outre quatre médaillons de lotus épanouis, stylisés.

Haut. 0 m. 96 ; Larg. 0 m. 64.

333. — Chapelle ouvrante en laque noir, à peinture de cuivre ciselé. En avant siège le prêtre Nitchiren, tenant d'une main le rouleau sacré, et de l'autre le sceptre. Derrière lui, un groupe en bois doré symbolisant la trinité bouddhique, dite Triratna, sous la forme adorée par la secte Hokké-siou. Deux figures de Bouddha, dont l'une, à droite, représente Amida, personnification de l'intelligence suprême, et l'autre Cakyamouni, symbole de l'Eglise, entourant une stèle rectangulaire, image de la Loi. Ce groupe surmonte un haut piédestal, orné de motifs sculptés, portant trois lotus où reposent les Bouddhas et la stèle.

XVIe siècle. — Haut. totale 0 m. 35.

334. — Chapelle ouvrante, en laque noir, à médaillon et loquet de cuivre ciselé, contenant une figure en bois finement rehaussé d'or représentant Kwannon, debout sur une fleur de lotus, le bras gauche mi-ployé, la main droite abaissée vers le sol, la paume en avant dans le geste de la charité. La divinité est debout devant l'auréole Funagoko.

Haut. 0 m. 19.

335. — Chapelle ouvrante en laque noir offrant la statuette d'un Bodhisatwa, l'urna au front, le torse nu de l'épaule gauche à la hanche droite, coiffé de la tiare à cinq figures de Bouddha et portant une riche parure de colliers. Il est debout sur le lotus sacré, tenant une tige de lotus et faisant le geste de charité du bras droit allongé. Auréole Funagoko. L'intérieur des volets est peint sur fond or des figures de Kongara et Seitaka.

Haut. 0 m. 26.

336. — Chapelle ouvrante de forme haute, en bois naturel. La niche intérieure contient une figure de Jiso, en bois naturel, tenant la boule mani et le sistre à anneaux.

Haut. 0 m. 32.

337. — Chapelle ouvrante en laque noir, en forme de toit de pagode, offrant une statuette de Daïkokou, debout sur ses deux ballots de riz, tenant d'une main le maillet dit Konton no Tsuchi (maillet du chaos) et le sac aux Takaramono (objets précieux).

Haut. 0 m. 11.

338. — Figure en bois, à trace de polychromie, représentant un prêtre accroupi, les mains jointes dans l'attitude de la prière. Il porte sur sa robe, l'étole sacrée décorée d'une jolie guirlande à réhauts d'or et maintenue sur l'épaule par une longue boucle. Longue inscription à l'intérieur. Fauteuil en bois sculpté et laqué.

Attribué à l'époque Choji XII siècle. Haut 0 m. 56.

339. — Figure en bois peint représentant un prêtre assis dans un fauteuil laqué, dans l'attitude de la prière. Le vêtement, retenu à l'épaule comme dans la pièce précédente, est ici rehaussé, dans la partie inférieure, d'une couche d'or à jolis tons bruns, le haut du vêtement portant un motif floral.

Haut. 0 m. 70.

340. — Figure en bois peint représentant Jizo, assis, la main droite levée tenant le sceptre, la main gauche posée sur le genou. Il est vêtu de la robe indienne, laissant à découvert la poitrine et le bras droit; le vêtement, d'une grande richesse, présente un décor polychromé d'une assez belle conservation: semis de médaillons à décor floral et têtes de dragons se détachant en or sur le fonds bleuté ou rouge assombri des vêtements. Sur un tabouret, aux pieds de la divinité, une paire de sabots.

Très belle pièce d'une grande noblesse. Haut. 0 m. 70.

341. — Statuette en bois peint, figurant Bichamon debout sur un socle de rochers au milieu des nuages. Il est debout, le poing sur la hanche, vêtu d'une riche cuirasse à fleurettes d'or. Manque le pique dans l'autre main.

Très belle pièce d'une grande vigueur Haut. 0 m. 90.

342. — Deux très belles figures, en bois polychromé et doré représentant Jiso, debout sur le lotus, tenant la boule mani, le sistre à anneaux et un rosaire. Il est vêtu de robes polychromées, rehaussées d'or, d'une admirable finesse d'exécution. La tête, d'une très belle expression, et le torse, partiellement nu, se détachent en fine patine d'or joliment assombrie.

Haut. 0 m. 56.

343. — Trois figures, en bois doré, représentant la Trinité Bouddhique. La figure centrale représente Amida, assis sur le lotus sacré. Il est vêtu de la robe indienne découvrant le torse et le bras droit, et tient les mains jointes dans le giron, les index pliés l'un contre l'autre. Les deux autres figures représentent les Bodhisatwa, debout sur le lotus, vêtus de la jupe et de l'étole sacrée, l'un tenant un calice de lotus, l'autre les mains ramenées dans l'attitude de la prière.

Haut. 0 m. 82.

344. — Figure en bois représentant Amida, debout sur deux fleurs de lotus couplées, dans l'attitude de l'enseignement. La robe, dont les draperies retombent avec une grande noblesse en longs plis tuyautés, se détache sur le ton brun rougeâtre des chairs.

Socle à double gradin. Haut. 0 m. 56.

La divinité est accompagnée de deux petites statuettes de Bodhisatwa à genoux, l'un les mains jointes dans l'attitude de la prière, l'autre tenant une tige de lotus.

Haut. 0 m. 32.

345. — Figure en bois peint, représentant Jizo, assis dans la pose dite subactive, tenant de la main gauche la boule mani, la main droite levée. Représenté, selon l'usage, sous la figure douce et méditative d'un prêtre, il porte le manteau sacerdotal maintenu sur l'épaule par une longue boucle. Belle pièce laquée rouge brun.

« Cette figure serait le " Bouddha des malades ". Il suffisait en effet de venir toucher ce bouddha pour être guéri. »

Haut. 0 m. 70.

346. — Figure en bois polychromé, représentant Bichamon, « le dieu glorieux », la figure bleue, debout sur un démon qu'il piétine, en « gardien du Nord » et protecteur des temples casqué et cuirassé avec la hallebarde à trois pointes dans une main, et dans l'autre une petite image de temple bouddhique.

Haut. 0 m. 34.

347. — Deux sages taotistes représentés assis. Le premier tient un rouleau fermé, le second un sabre court, le premier représentant le type tartare. (*Ces deux statuettes font partie dans la mythologie d'un groupe de sept divinités. Sculptures sur bois d'un grand caractère. Traces de peinture. Elles proviennent de l'Asie centrale et peuvent être attribuées au* VII*e* *ou* VIII*e* *siècle.*)

Haut. environ 0 m. 60.

348. — Deux figures, en bois sculpté et peint représentant *Choki* debout, maintenant solidement des oni ou génies malfaisants.

Haut. environ 0 m. 37.

349. — Figure en bois laque représentant un Doji, debout les mains jointes dans le geste de la prière, le torse nu, portant une jolie robe laquée polychrome faisant ressortir le blant mat des chairs.
Socle en bois : rocher Haut. environ 0 m. 52.

350. — Figure en bois laqué représentant le Shi-tenno Komokou, « le roi aux grands yeux », gardien de l'Est, à face rouge debout, semblant regarder au loin.
Socle en bois : rocher Haut. environ 0 m. 53.

351. — Petite figure en bois doré représentant le prince Shotokou-Teishi, debout sur un socle de rocher, richement vêtu d'un costume laqué or, à jolie patine.
Haut. 0 m. 14.

352. — Trois petites figures représentant trois divinités, l'une Bichamon sur un rocher, l'autre une Kwannon sur une tortue marine, la troisième une Kwannon sur le lotus.
Pièces finement sculptées. Haut. environ 0 m. 15.

353. — Deux petites figures de dieux du bonheur, en bois sculpté, représentant l'une Yebisou un poisson sous le bras, l'autre Daïkokou, debout sur deux ballots de riz. Bois naturel.
Haut. 0 m. 17.

354. — Joli petit groupe, finement sculpté, représentant Holtï, Yebisou et Daikokou.
Haut. 0. m. 07.

355. — Statuette de Sennin dansant, debout sur un crapaud et en maintenant un autre au-dessus de sa tête.
Jolie pièce très finement sculptée, signée Sei-ho.

356. — Statuette de Darma, accroupi dans un fauteuil de temple laqué rouge.
Haut. 0 m. 20.

357. — Très belle petite figure, finement sculptée, représentant Darma debout, joliment drapé dans son grand manteau.
Haut. 0 m. 10.

358. — Petite figure de Choki, un gourdin à la main, poursuivant des onis. Bois polychromé.
Haut. 0 m. 13.

359. — Joli groupe représentant une racine noueuse formant arche, supportant un petit temple où se voit une Kwannon en bronze, une fleur de lotus à la main.
Haut. 0 m. 30.

360. — Panneau en bois sculpté en haut relief de deux dragons affrontés, au milieu des nuages.
Bois doré et peint. 0 m. 87 × 0 m. 30.

361. — Jolie statuette de Ronin, debout, un large chapeau à la main. Pièce d'une très belle sculpture.
Haut. 0 m. 25.

362. — Statuette d'Hoteï, ventru, le visage réjoui, couché près de son énorme sac.

363. — Statuette de Kwannon, debout sur un rocher, les pieds nus. Joli drapé de robe.

364. — Une paire de lions chimères accroupis.

365. — Kouan-ti debout, se caressant la barbe de la main gauche. Sous la large robe flottante apparaît l'armure. L'écharpe céleste flotte sur ses épaules. Les yeux sont en porcelaine finement peints. La coiffure est ornée d'un cabochon de jade vert. Très belle statuette d'un seul morceau. Socle en bois.

Bois naturel. Haut. sans socle 0 m. 43 ; sans socle. 0 m. 56.

Chine.

366. — Un des Pa-hsien, à la haute coiffure, debout sur un rocher. Il tient de la main gauche un sceptre dont l'extrémité vient s'appuyer sur son épaule. De la main droite il s'appuie sur un long bâton noueux.

Bois naturel. Haut. avec socle 0 m. 35 ; sans socle, 0 m. 29.

Chine.

367. — Statuette d'enfant tenant un ornement à la main, arrêté par une sorte de crapaud chimérique qui s'efforce de saisir l'ornement. Bois naturel.

Haut. 0 m. 28.

Chine.

LAQUES

368. — Très belle Selle japonaise de parade, en laque noir, décoré au laque d'or de jolies branches de chrysanthèmes en fleurs.

Signée Tohissa ; datée mois de février de la cinquième année de Kwanei (1629).

369. — Ecritoire rectangulaire. Le dessus et le pourtour offrent un décor de grecques fantaisie en laque d'argent sur fond noir. Le dessus porte, en outre, en réserve, deux médaillons en forme de cœurs, sur fond de laque poudré ou se voient un paysage montagneux et un bouquet. L'intérieur, très finement aventuriné, est décoré d'une clôture de bambous, derrière laquelle s'élèvent un pin majestueux et un cerisier en fleurs, au clair de la lune.

Décor similaire au fond de la boite. XVIIe siècle Larg. 0 m. 23.

370. — Ecritoire rectangulaire, dont les bords saillants, décorés de rinceaux fleuris, débordent légèrement sur le panneau central décoré au laque d'or d'une terrasse au bord de la mer, montrant l'entrée d'une habitation, au milieu des arbres en fleurs. Le pourtour est à décor de fleurs de cerisier, dans le courant. L'intérieur est décoré de feuilles d'érables en ors différents. Le fond de la boîte offre une jolie touffe de fougère et porte le midzuire en bronze et la pierre à encrier.

XVIIe siècle. Larg. 0 m. 23.

371. — Ecritoire rectangulaire offrant, sur fond laque noir frotté, un joli paysage au laque d'or, représentant une pagode adossée au rocher, au milieu des pins. L'intérieur porte, sur fond de laque poudré, deux oiseaux de Hôo. Le fond, à décor de prunier fleuri, porte un joli midzuire en bronze doré.

XVIIe siècle. Larg. 0 m. 21.

372. — Ecritoire carrée, à coins arrondis, portant, sur fond de laque poudré, un décor de livres à riche couverture (Ise Monogatori) ou à fines illustrations et une boîte en laque, dont le couvercle ciselé montre les douze animaux du zodiaque, symbolisant aussi les douze heures du jour. L'intérieur est décoré sur fond de laque poudré de deux lapins, en laque d'or et d'argent, cachés sous une touffe fleuris.

XVIIe siècle. Larg. 0 m. 22.

373. — Ecritoire rectangulaire en laque noir, représentant un prunier en fleurs, sur le haut d'une colline. Très belles incrustations de nacre polychrome réhaussées de laque d'or. L'intérieur nous montre un personnage revenant de la pêche, arrivant à son habitation, ombragée de bambous. Les angles de la boîte sont pavés de nacre. Midzuire en bronze.

374. — Ecritoire rectangulaire décoré sur fond de laque brun, du Fouji, émergeant des nuages, pavés d'or. Au premier plan, une plage bordée de pins. L'intérieur et le fond de la boîte sont décorés d'herbes d'automne sur fond de laque nachiji. Midzuire représentant deux chrysanthèmes accolés.
XVIIIe siècle. Larg. 0 m. 24.

375. — Petite boîte écritoire rectangulaire, décorée sur fond de laque noir gravé, d'un dragon d'or émergeant des nuages. L'intérieur, finement poudré, nous offre un bouquet d'herbes d'automne. Le fond, contenant la pierre à encre, le midzuire et le godet à eau est poudre d'or et porte, en laque d'or, trois bourdons.
XVIIe siècle. Larg. 0 m. 20.

376. — Ecritoire rectangulaire en bois naturel, décoré sur fond fantaisie quadrillé, d'une chimère près d'une toufle de chrysanthèmes, sculptés en haut relief. Le pourtour offre le même fond quadrillé fantaisie. L'intérieur est laqué rouge et contient un midzuire en bronze ciselé en forme de feuille et une pierre à encre, imitant un morceau d'arbre et portant une inscription:
Niha shimbe O-Kyiou. Date : onzième année de Kio-ho (1727). Larg. 0 m. 27.

377. — Deux planchettes écritoire en bois laqué or, portant un midzuire, un bâton d'encre de Chine et une pierre à encre, dont le couvercle porte une inscription:
Giokkou shitsou shi (nom de la pierre.)

378. — Joli boîte rectangulaire en bois naturel, richement décoré en incrustations de plomb, nacre et burgau, d'un enchevêtrement de houx et de lys.
Portant sur le couvercle une poésie. Signé : Kokkio-Korin. Haut. 0 m. 15 ; Long. 0 m. 18.

379. — Boîte à parfums rectangulaire, composée de deux compartiments superposés. Elle est en laque aventurinée, à décor fleuri de branches de lotus et d'armoiries de daymio. Deux mascarons à anneaux mobiles en cuivre finement gravé.
Haut. 0 m. 14 ; Long. 0 m. 15.

380. — Boîte à correspondance, en laque aventurinée, décorée de mon de daymio, dont celui des Ashikaga.
XVIIIe siècle Long. 0 m. 38.

381. — Plateau octolobé, porté par quatre petits pieds, décoré d'un joli bouquet de volubilis, en laque d'or, nacre et plomb.
Signé au dos Hokkio-Korin Diam. 0 m. 21.

382. — Boîte longue pour écritoire, en laque noir, décorée en or et nacre de roseaux aquatiques fleuris.
XVIIe siècle Long. 0 m. 21.

383. — Boîte à parfums, rectangulaire, décoré d'un joli bouquet de chrysanthèmes aux multiples tonalités.

384. — Boîte à thé cylindrique, revêtue d'un fond d'or mat sur lequel éclate le puissant décor d'un troupeau de cerfs, en nacre et plomb.
Signée : Korin Haut. 0 m. 7 1/2.

385. — Petite boîte rectangulaire en laque d'or mat, à décor de larges fleurs, à incrustations de nacre et de plomb.
Signé : Hokkio Korin. Long. 0 m. 08.

386. — Boîte à thé cylindrique, à décor de roseaux fleuris, en nacre et plomb.
Signé : Hokkio Korin, Haut. 0 m. 07.

387. — Boîte à thé cylindrique décorée, sur fond d'or mat, d'une jolie floraison d'iris.
Signé : Fushi-gi Haut. 0 m. 07.

388. — Boîte ronde et plate, en laque noir, décoré d'un fin grillage de plomb sur lequel grimpent des volubilis aux jolies têtes nacrées.
Signé : Nagata Tomo-ji. Diam 0 m. 09.

389. — Boîte à thé cylindrique, à garniture intérieure de cuivre, en laque nachiji décoré de jolies coquillages dans la vague.
Haut. 0 m. 07.

390. — Boîte à thé, en laque noir, décorée au laque d'or, de bambous et de cerisiers en fleurs.
Haut. 0 m. 07.

391. — Jolie boîte à thé en fer, cercle d'argent et garni de cuivre, à décor repoussé de dragons dans les nuages.
Signé : Miotchin Munesuke Haut 0 m. 07.

392. — Petite boîte en laque d'argent, en forme de cage à grillons, à fin grillage d'or.
XVIIIe siècle. Haut. 0 m. 06.

393. — Boîte lenticulaire en laque noir, à décor or, plomb et nacre, de fleurs diverses.
XVIIIe siècle. Diam. 0 m 08.

394. — Boîte à parfums, demi-circulaire, décorée sur fond de laque nachiji, de chrysanthèmes stylisés en laque d'or.
XVIIIe siècle. Long. 0 m. 07.

395. — Petite boîte à parfums en forme de melon, en laque nachiji, rehaussé de laque d'or.
Très jolie petite pièce, XIXe siècle. Larg. 0 m. 05.

396. — Jolie boîte à parfums en laque, imitant parfaitement le fer, représentant une large feuille, sur laquelle est posée une mante religieuse, joliment incrustée.
XVIIIe siècle. Long. 0 m. 10.

397. — Boîte rectangulaire en laque « de soie », décorée en haut relief d'un vautour sur une branche de pin, joli décor intérieur de coquillages, avec incrustations de nacre.
Signé Kwan-Kô. Long. 0 m. 08.

398. — Boîte à parfums, en laque poudré, portant comme unique décor le nom des daymios de Kuze.
XVIIIe siècle. Long. 0 m. 08.

399. — Petite boîte haute, s'évasant légèrement, en laque nachiji, à décor de pipettes et de fleurs.
XIXe siècle. Haut. 0 m. 07.

400. — Petite boîte ovoïde, en forme de sac, noué à sa partie supérieure et portant de nombreux médaillons fleuris, en laque différents.
XVIIIe siècle. Diam. 0 m. 08.

401. — Boite lenticulaire, en laque noir décoré en laques brun et or, de deux singes.
XIXe siècle. Haut. 0m. 8 1/2.

402. — Petite boître à trois compartiments, en laque décorée, hirame, de cigogne dans les roseaux. Le couvercle, en forme de petit socle s'emboîte entièrement. Il est décoré sur fond pavé d'or du Fuji, derrière les sapins.
XVIIIe siècle Haut. 0 m. 07.

403. — Boîte à fond laque nachiji, à décor fleuri.
Haut. 0 m. 06.

404. — Boîte à parfums, octogonale, à deux compartiments, le couvercle légèrement saillant, décoré sur fond de laque nachiji, d'aiguilles de pins et du mon des Hisamatsu.
XVIIIe siècle Haut. 0 m. 10

405. — Boîte plate, rectangulaire en laque d'or, incrustée sur le couvercle d'une pie en shakoudo, traversant le marais. Joli pont à inscrustations de nacre.
XVIIIe siècle. Long. 0 m. 09

406. — Jolie boîte lobée en forme d'écran, en laque d'or, décorée d'un fin paysage montagneux. L'intérieur est pavé d'or.
XVIIIe siècle. Long. 0 m. 08.

407. — Boîte lenticulaire, en laque d'or mat, décoré d'un mon de chrysanthèmes au milieu de rinceaux fleuris.
XVIIIe siècle. Long. 0 m. 07.

408. - Jolie boîte à coins arrondis, en laque noir, portant sur le couvercle une fine incrustation de nacre, représentant Hotei accroupi contre son sac.
XVIIIe sièlce. Long. 0 m. 10.

409. — Boîte de forme irrégulière, en laque d'or, à décor de Kogos.
XVIII siècle. Long 0 m. 08

410. — Boîte à thé, en forme de pot couvert, en laque makie, l'étoffe en laque formant couvercle, joliment décorée de fleurettes.
XVIIIe siècle. Long. 0 m. 08.

411. — Boîte de forme cylindrique, en laque nachiji, décorée au laque d'or, de cerisiers en fleurs.
XIXe siècle. Long. 0 m. 08.

412. — Boîte ronde, en bois naturel décoré au laque d'or, de rinceaux fleuris entourant un chrysanthème en laque tsui-shu. L'intérieur est laqué argent.
XVIIIe siècle — Diam. 0 m. 7

413. — Boîte lenticulaire, en laque noir, décorée en ors divers d'un paysage planté de pins.
XVIIIe siècle — Diam. 0 m. 5.

414. — Petite boîte arrondie, à décor de mon, sur fond poudre d'or.
XIXe siècle — Diam. 0 m. 8.

415. — Petit cache-pot, décoré sur fond de laque noir, dans le style de Korin, de haies à incrustations de nacre et de plomb.
Haut. 0 m. 7.

416. — Autre cache-pot lobé, décoré sur laque nachiji, de branches de cerisiers aux fleurs nacrées.
XVIIIe siècle — Haut. 0 m. 9.

417. — Boîte rectangulaire, à trois compartiments, en or laqué brun, décorée sur le couvercle d'une scène chinoise et sur les parois d'un joli décor fantaisie.
XVIIIe siècle — Haut. 0 m. 9.

418. — Une coupe à décor de mon sur fond nachiji.

419. — Petit Kogo, à deux anses tubulaires, en laque tsui-shu, à décor de guerriers.
Long. 0 m. 4 1/2.

420. — Une petite boîte et un porte-pinceaux, en laque noir veiné rouge (pièces uniquement composées de laque).

421. — Cache-Pot en bois naturel, à joli décor de laque d'or et de nacre.
Signé Min-ga — Haut. 0 m. 25.

421 *b*. — Autre cache-pot, en bois naturel, à décor de crabes, incrustations de plomb, nacre et laque.
Haut 0 m. 15.

422. — Bouteille à sake, en laque noir, à décor de fleurs sur fond fantaisie.
Haut. 0 m. 20.

423. — Très joli petit vase, en laque blanc, finement décoré en or et rouge, d'un oiseau de Hô.
XVIIe siècle. — Haut. 0 m. 10.

424. — Nécessaire complet, formé d'une boîte en laque noir à deux compartiments, décoré d'un joli pont serpentant au milieu des iris en fleurs. Le premier compartiment comprend un plateau du même décor que la boîte, un damier, une boîte écritoire, une boîte à jetons. Le deuxième compartiment renferme le Koro, et deux pots à thé et une petite boîte du même décor, ainsi qu'une série d'enveloppes diverses, toutes ces pièces composant « le jeu du brûle-parfums ». — Haut. 0 m. 19. Long. 0 m. 23.

425. — Très joli Katana kake, porte-sabres, formant cabinet, la partie supérieure échancrée pouvant contenir trois sabres, la partie inférieure contenant cinq tiroirs, dont deux masqués par un porte à charnière. La pièce est en bois naturel, richement décorée en laques diverses, de paysages montagneux et fleuris, au-dessus des vagues, et sur les deux faces latérales de faucons sur des rochers.

Très jolie pièce. Larg. 0 m. 43 ; Haut. 0 m. 36 ; Long. 0 m. 19.

426. — Coffre de coiffure, supportant, à la partie supérieure, le porte-miroir en laque noir décoré au laque d'or, de rinceaux fleuris, entourant les noms des daymios Toyama, de Nac-ki. Le même mon en cuivre ajouré se retrouve deux fois dans le porte-miroir. Le coffre contient deux tiroirs, jolie monture en cuivre finement ciselé.

Haut. du coffre 0 m. 27 ; avec le porte-miroir 0 m. 67.

427. — Boîte en forme de losange, les quatre parois en laque sculpté, imitant l'écorce d'arbre, le couvercle en laque imitant le fer, finement décoré d'un coq et d'une poule au milieu des chrysanthèmes en fleurs.

Très beau travail, signé Shibayama Bairin. Diam. 0 m. 16.

428. — Petite boîte en bois naturel, dite Itigo-Massou, pour la mesure du riz, surmontée d'une chimère en cuivre finement ciselé.

Signé Massa. Diam. 0 m. 09.

429. — Grand socle en bois naturel, décoré aux laques d'or et d'argent, de branches de prunier fleuries. Monture à coins d'argent finement ciselé, le plateau intérieur couvert d'une fine plaque de cuivre ciselé.

Haut. 0 m. 20 ; Diam. 0 m. 45.

430. — Joli brasero en bois naturel, à intérieur de cuivre, décorée de branches fleuries en laques diverses.

Haut. 0 m. 20 ; Diam. int. 0 m. 20 ; Diam. extér. 0 m. 37.

431. — Porte-bouquets applique, en racine noueuse, décorée au laque d'or, d'un léger feuillage.

Haut. 0 m. 30.

432. — Garnitures de trois coupes à sake, en laque rouge ,décorées en haut relief de poissons dans la vague.

Signées : Ukisen.

433. — Garniture de trois coupes à sake, en laque rouge, décorées au laque d'or, rehaussé de pepites d'or, de coq, poule, ibis et perdrix au milieu des fleurs. Le dessous est également décoré de feuillage d'or.

434. — Une grande coupe à thé à sake, en laque rouge, décorée en laque d'or, d'un écran d'Hoteï et d'une branche de pêches de longévité.

Collection de M. Dietrich Diam. 0 m. 27.

435. — Un bol et son couvercle en laque nashiji, portant en laque d'or le mon des Tokugawa.

Même collection Diam. 0 m. 12.

436. — Plat en laque, décoré de petits panneaux offrant vingt-huit espèces de laques différentes.

Même collection Diam. 0 m. 37.

437. — Très beau plateau, en laque, à fond verdâtre, décoré en haut relief de laque de deux gardes, d'un kotzuka et de fushi et kashira, donnant l'illusion du métal rehaussé d'or.

Travail remarquable Long. 0 m. 40.

438. — Un plateau, composé uniquement de laque.

439. — Joli plateau rectangulaire, à décor de cascade, tombant de roc en roc. Beau travail de laque.

440. — Deux écrans, dont l'un aux armoiries du Toougawa.

INRO

441. — Inro à quatre cases, recouvert de peau de serpent, blanche, décoré au laque d'or, rehaussé d'incrustations de nacre et de burgau de jolis iris fleuris. Coulant à deux masques ivoire. Netsuké en bois, représentant un oni.

442. — Inro à cinq cases, en laque brun frotté, décoré de trois chevaux en nashiji.

Signé Gen-Shiwan. Cachet Katsou.

443. — Gros inro à quatre cases, en laque rouge, décoré d'un joli paysage chinois, en laques polychromes.

444. — Inro à cinq cases, en laque d'or, décoré sur une face de deux faisans près d'un rocher, la queue de l'un d'eux déployée en roue, ornant la seconde face de l'inro.

Netsuké bouton en ivoire décoré d'un chrysanthème argenté.

Jolie pièce signée Hosen-saï Harunobou.

445. — Grand inro en laque nashiji décoré d'un gigantesque vautour saisissant une grue, une autre bête affolée fuyant dans les roseaux. Très beau travail de laque d'argent en haut relief.

Signé Tô-ha. Netsuke perdrix.

446. — Joli inro à quatre cases, en laque d'argent décoré de cinq masques, finement dessinés.

Signé : Kuan-cho-saï.

447. — Joli inro, en laque d'or, décoré de personnages en barque pêchant au cormoran.

Très olie pièce signée : Dessinateur : Hogen-Tanso ; Laquenr : Ko-Ami

448. — Inro à quatre cases, en laque noir, décoré d'un gigantesque dragon en écaille brune et laque imitant l'écaille.

449. — Inro à quatre cases, en laque brun frotté, offrant une étagère en laque rouge chargée d'ustensiles divers

450. — Bel inro à cinq cases, en laque d'or, décoré de deux paons au milieu d'un joli buisson fleuri.

Signé Kô-to-sai

451. — Inro à quatre cases, en laque d'or, décoré d'un faucon poursuivant deux petits oiseaux épouvantés.

Signé Nikô-sai

452. — Petit inro à trois cases, en laque noir, décoré au laque d'or, de Foukourokoudjou, accompagné de l'ibis sacré et de la tortue de longévité.

453. — Joli inro à trois cases, en laque brun frotté, décoré d'un ibis d'argent lissant ses plumes devant une cascade aux jolies tonalités nacrées.

454. — Très bon inro à trois cases, en laque d'or mat, décoré en burgau et nacre, d'une touffe de chardons et de pousses de fougères.

455. — Inro à quatre cases, en laque nashiji, décoré d'un cheval richement harnaché. Netsuké en bois polychromé.

456. — Petit inro à trois cases, en laque rouge, finement décoré au laque d'or et argent, d'une touffe de pivoines fleuries, sur laquelle s'est posé un petit oiseau.

457. — Inro circulaire, en laque brun frotté, décoré sur une face d'un vautour sur un rocher, sur l'autre d'un vol de passereaux au clair de lune.

458. — Inro à cinq cases, en laque toghidachi, offrant une cascade tombant entre des rochers abrupts.

459. — Petit inro plat à deux cases, en forme de cœur. Les deux faces offrent sur un fond de laque noir le motif d'un vol de cigognes, qui vient s'abattre près d'un ruisseau limpide.

460. — Très bel inro à cinq cases, en laque noir, poudré d'or, décoré d'un coq sous un prunier en fleurs. Netsuké en bois : colimaçon sur une feuille.

Signé Koma-Kwansai

461. — Bel inro à quatre cases, en laque noir, poudre d'or offrant deux jolies baies s'ouvrant au milieu des branches fleuries d'une haie retombante.

462. — Inro en laque d'argent, décoré sur les deux faces de pivoines épanouies, aux pétales délicatement nuancées.

463. — Inro à une seule case, en bois naturel, finement sculpté sur une face d'un vautour pourchassant un lièvre et sur l'autre d'un singe jouant avec une grenouille. Netsuké bouton.

Signé Nagatake

464. — Inro en bois à écorce veloutée, décoré d'un lapin en nacre, dansant au clair de lune dans les herbes fleuries. Netsuké en ivoire avec plaque métallique ciselée de Choki.

465. — Inro en bois naturel, à décor de coquillage divers en laque d'or.

Signé To-shiu

466. — Inro à cinq cases, en laque d'or, à décor de torii et de ponts au-dessus d'un ruisseau serpentant au milieu des fleurs.

467. — Inro à une case, en laque noir, décoré d'un prunier en fleurs, les pétales en nacre rehaussé de laque d'or.

Signé Youtokousai Kounimitsou.

468. — Inro à trois cases, en laque rougeâtre poudré d'or, offrant un coq et une poule près d'une gerbe liée.

469. — Inro à trois cases, en laque brun frotté, à décor de branches de cerisiers en fleurs. Netsuké en bois et coulant.

470. — Inro en bois naturel, à deux compartiments intérieurs, portant comme fermoir une tête de chimère en porcelaine.

471. — Inro à deux cases, en forme de boîte quadrangulaire, en joli laque « de soie », à décor montagneux, Netsuké en laque tamenouri.

472. — Inro à cinq cases, en laque brun, décoré en relief or, d'un gigantesque dragon, dans les nuages.

473. — Joli petit inro, en fine poterie ciselée de deux médaillons à dragons, entourant une fleur de lotus.

474. — Inro à une case, en bois naturel, décoré d'une touffe d'herbes fleuries en incrustations de nacre et de plomb. Netsuké, bouton en ivoire, avec plaquette métallique ciselée d'un personnage dansant, un écran à la main.

475. — Inro à quatre cases, en laque noir en or, nacre et plomb, de volubilis fleuris. Netsuké, bouton en ivoire à décor de fleurette en laque d'or.

Signé Te-saï.

476. — Inro à trois cases, en laque noir, décoré de branches de lotus. Netsuké bouton en os, sculpté.

477. — Inro à trois cases, en laque burgauté, décoré d'un joli paysage maritime. Netsuké, bouton incrusté de nacre.

478. — Inro à quatre cases, en laque noir, poudré d'or, décoré d'un vol d'oies sauvages.

479. — Petit inro à trois cases, décoré en fine incrustation de nacre, de deux paons, dont l'un fait la roue. Netsuké en laque tsui-shu.

Signé Yotam-Chomorin. Epoque de Kanriuki ho au Printemps.

480. — Inro à trois cases, en laque burgauté, décoré d'un paysage maritime. Coulant ivoire. Netsuké en bois.

481. — Inro à trois cases, en laque noir, décoré d'une poupée suspendue à la hampe d'un pavillon. Netsuké : poule accroupie.

Signé I-saï.

482. — Inro à une case, en laque nashiji, à décor de chrysanthèmes.

483. — Inro à trois cases, en laque noir, décoré d'une haie fleurie, en laque d'or et incrustations de nacre.

484. — Inro à trois cases, en ivoire, sculpté d'une habitation sous un pin. Netsuké ivoire, poule picorant.

484 b. — Inro à trois cases, en porcelaine, bleu et blanc.

485. — Inro à une case, en fer, décoré en shakoudo, d'un nègre, pêcheur de corail. Netsuké, bouton ivoire.

Signé Yassu-hira.

PEIGNES

486. — Grand peigne en ivoire, décoré sur une face d'une branche de chrysanthème fleurie, en laque d'or et incrustations de nacre, et sur l'autre face d'un écran en nacre joliment irisé et laqué d'or.

487. — Petit peigne en ivoire, décoré d'une jolie branche ou voltigent de légers papillons. Incrustations de nacre.

488. — Petit peigne en ivoire, décoré au laque d'or, d'une branche fleurie.

489. — Très beau peigne en laque d'or, offrant une jolie terrasse ombragée d'érables.

Signé Takoujiou-saï. Mune hide.

490. — Peigne en laque d'or, décoré d'un gigantesque oiseau de Hôo.
Très joli peigne en laque « de soie », décoré d'un paysage valloné, abrité de pins.

Signé Yoyousaï.

491. — Joli peigne en laque d'or, à décor d'herbes d'automne.

492. — Joli peigne en laque « de soie », à décor de pieuvre et de poisson dans la vague.

Signé Ko-shin.

493. — Peigne en laque d'or, représentant une chimère Kilin, jouant avec la boule du monde.

Signé Haro-mitsu.

494. — Peigne en laque makie, à décor de paysage maritime, deux personnages en barque tirant un filet.

495. — Peigne en laque d'or, décoré d'un arbre en fleurs. Incrustations de pierres diverses.

Signé Toshi-sai Giokkou-zan.

496. — Peigne en laque d'or, décoré d'un personnage arrachant un légume, accroupi près de la cascade.

Signé Shoho-saï.

497. — Peigne en laque d'or, à décor fantaisie, portant les mon de la famille d'Ashikaga.

498. — Peigne en laque imitant le fer, à décor de vases divers, en laque d'or finement ciselé.

499. — Peigne en laque, décoré d'un vol d'oiseaux de Hô dans les nuages.

Signé Kayikawa.

500. — Peigne en laque d'argent décoré, au laque d'or, d'un joli bouquet d'herbes d'automne.

501. — Peigne en bois naturel, offrant trois personnages halant une barque.

502. — Quatre peignes en laque rouge, rehaussés de fleurettes au laque d'or (seront divisés.)

503. — Quatre épingles de coiffure, deux en ivoire, deux en laque, décor de de motifs fleuris.

504. — Petit nécessaire pour fard, monture argent gravé.

USTENSILES DE FUMEURS

505. — Boîte à tabac portative, en bois sculpté, incrusté de porcelaine et d'ambre, à décor d'ustensiles divers.

Cachet de You-Zan.

506. — Boîte à tabac portative, en bois sculpté, d'un chapeau et d'une lanterne, à rehauts de laque et de nacre. Netsuké formé d'une petite boîte en sparterie.

Signée Korin.

507. — Boîte à tabac, en bambou sculpté et incrusté, à décor de renard et de ruches.

508. — Boîte à tabac en bois naturel, imitant un fruit. Netsuké laqué décoré d'un colimaçon sur un branche fleurie.

Netsuké signé Shiu-getsu.

509. — Boîte à tabac en bois naturel incrusté de nacre, d'ivoire et de shibutchi, représentant des attributs divers.

510. — Deux jolies pochettes à tabac en cuir repoussé et gravé, laqué or. Netsuké en laque blanc et tigre en ivoire.

511. — Garniture complète. Etui sculpté. Boîte taillée dans un bois spongieux offrant un paysan baillant.

512. — Garniture complète. Etui sculpté en forme d'une branche aux feuilles laquées. Boîte taillée en forme de pomme de pin et de feuillage laqué. Pipe en cuivre très simple, insérée dans l'étui.

513. — Garniture complète. Etui en bois sculpté représentant un personnage s'étirant. Coulant tête de mort en ivoire. Boîte en écorce d'arbre à toucher velouté, le fermoir étant composé d'une tige de fer incrusté d'une tête de mort, en cuivre, avec inscription : Namu (début de prière).

514. — Garniture composée de l'étui à pipe, en bois laqué, décoré de fleurettes d'or et d'une boîte à tabac en bois naturel joliment décoré d'une jardinière fleurie de pivoines en laques polychromes.

515. — Garniture composée d'une pochette à tabac en cuir à fermoir d'argent représentant deux moineaux, et d'un étui à pipe à bouchon d'ivoire sculpté.

516. — Nécessaire d'artiste comprenant une boîte à encre en bambou, sculpté de fins paysages, une pochette en cuir avec inscription de poésie et d'un tube porte-pinceau en bambou, sculpté d'un personnage chinois. Le manche du pinceau est couvert également d'une poésie.

517. — Boîte à tabac en fer gravé d'un long dragon et d'un personnage portant deux lourds paniers.

518. — Boîte à tabac en fer gravée sur le couvercle rebondi d'un dragon chimérique et au dos du mon des daymios de Arima. Netsuké bouton en ivoire à plaquette métallique gravée.

519. — Etui à pipe en os, sculpté d'un personnage à corps de dragon.

520. — Etui à pipe en ivoire, sculpté, imitant une juxtaposition de troncs de bambou.

521. — Etui à pipe en os, vigoureusement sculpté d'un dragon dans les nuages et d'un tigre.

522. — Etui à pipe en os, sculpté d'un gigantesque dragon dans les nuages.

523. — Etui à pipe en bambou, sculpté d'un dragon au-dessus des flots.

Signé Ta.i-uô.

524. — Grand étui à pipe en bambou, finement sculpté d'un tigre dans les bambous.

Signé Itouko

525. — Deux étuis de pipe en laque noir, décoré en application de métal d'un personnage à cheval regardant le Fuji, et du Sennin au dragon.

526. — Deux étuis de pipe, l'un en bois naturel, avec incrustations d'ivoire, l'autre en laque imitant le fer, à décor d'oni portant une lanterne,

Signé Tominaga

NETSUKÉ

NETSUKÉ EN BOIS

527. — Hoteï, en train de lire, se reposant sur son sac.

528. — Oni, très fier d'avoir pu capturer Choki, sous une large vannerie.
Signé Hou-Keï.

529. — Kenzan dépliant son rouleau.

530. — Hoteï, la robe décorée de fleurettes de nacre, fermant son sac aux richesses; ce dernier porte l'inscription « Tai-nin », littéralement « sac de patiences ».
Signé Hide-masa.

531. — Dragon enroulé sur lui-même.

532. — Dragon à demi dissimulé dans un fruit en forme de noix.
Signé Seï-zan.

533. — Jeune garçon faisant basculer un buste de Darma.
Signé Chika-shige.

534. — Personnage accroupi devant un panier dont il convoite le contenu.
Signé Gioku-Keï.

535. — Garçonnet, un sac sur le dos, accroupi sur une boîte.

536. — Yori-massa terrassant le Nori.

NETSUKÉ EN IVOIRE

537. — Paysan renversé par un cheval emballé.
Signé Hishi-tsugu.

538. — Poisson dragon.

539. — Daïkokou, devant un mortier.
Signé Shoki-yôsaï.

540. — Nombreuse famille en barque.
Signé Chikarusaï.

541. — Trois rats sur une vannerie.

542. — Groupe de coquilles et coquillages.

543. — Komatchi, en vieille mendiante, assise sur une hûche, un large chapeau de paille à ses côtés.

544. — Petit personnage jouant avec un masque et un buste de Darma.
Signé Hogiokou.

545. — Chimère Kilin accroupie.

546. — Foukouro Koudjiou et Hoteï, bras dessus bras dessous.

547. — Personnage, un sabre au côté, accroupi devant un hibashi.
Signé Jiu-Riyosaï.

548. — Oni, endormi dans un plateau.
Signé Haku-Riyo.

549. — Sennin debout, tenant une tige de lotus.

550. — Personnage, un collier au dos, assis sur un tronc d'arbre.
Signé Hyde-gioku.

551. — Personnage, une gourde sur l'épaule.
Signé Tô-saï

NETSUKES DIVERS

552. — Hoteï accroupi près de son sac. Bois laqué.

553. — Coq et poussins perchés sur un tonneau, sous lequel se dissimule une poule. Bois polychromé.

554. — Grande feuille sur laquelle sont posés deux petits canards. Bois laqué.

555. — Jolie boîte lenticulaire en laque pavée d'or, à fines incrustations de nacre et de burgau.

556. — Un netsuké en forme de gourde en cuivre ciselé.

557. — Un netsuké en porcelaine.

NETSUKÉ BOUTONS

558. — Bouton en ivoire plein, décoré sur une face, en haut-relief, d'un dragon dans les nuages et, sur l'autre, de cachets et de signatures.
Signé Karaku. Epoque de Meiji (1867)

559. — Autre bouton en ivoire, sculpté de deux personnages exécutant un pas de danse.
Signé Kazu Jysaï Ko-min

560. — Autre bouton en ivoire sculpté d'un buste de Darma.
Signé Ritsu-take

561. — Autre bouton en ivoire, incrusté d'un motif métallique représentant la poétesse Komatchi.

562. — Autre bouton en ivoire, dont une face laquée représente un singe suspendu à une liane fleurie.

563. — Quatre boutons en ivoire, à plaquettes métalliques ciselées de scènes diverses.

564. — Un bouton à plaquette métallique.
Signé Muo-Moki

565. — Un bouton en laque tsuï-shu, à plaquette métallique.

ARMES ET ARMURES

566. — Lot de huit coiffures de Daymio, en laque noir décoré au laque d'or d'armoiries ou de motifs fantaisie. (Seront divisés.)

567. — Casque en fer, décoré d'une sorte de chrysanthème épanoui, la visière en laque est ornée de nuages en application de métal.

568. — Casque en fer, de forme bombée, à jolie patine d'or brun.

569. — Grande coiffure en bois laqué, de forme pointue, décorée d'un gigantesque dragon en laque d'or.

570. — Armure complète en laque rouge et or et passementerie assortie. Casque en fer rehaussé de longues canelures d'or, accompagné du masque en fer couvrant le nez, les joues et le menton.

XVIIe siècle.

571. — Devant de cuirasse en fer, à décor de nuages, et gravé d'une longue inscription :

« Takeno-uchis, Suisons, Miyochins, Hisadayo, Kaga-taujousri, Yoshisadak Takemitsu », signifiant que ce devant de cuirasse a été fabriqué par Takemitsu (petit-fils de Miotchsin).

572. — Une paire d'étriers en fer, décorés en relief d'or de deux chimères Kilin.

Signé Uji-shige, ville de Kanazawa, province de Kaga

573. — Mors pour chevaux, perforé aux armoiries des Matsudaira.

Stgné Fujiwara Kane-tsugou.

SABRES

574. — Grand sabre de cérémonie, avec fourreau en bois naturel, incrusté de nombreux insectes en incrustations diverses. Les deux crochets de suspension sont en acier décoré en relief d'or du mon des Ashikaga, qui se retrouve également sur le fushi et le kashira. Garde en shakoudo décoré de fleurs de cerisiers. Sur la poignée, deux ménukis en forme de dragons.

575. — Petit sabre, dont le fourreau est en laque nashiji, portant en laque d'or le mon des Tokukawa. Poignée en galutcha. Le bout du fourreau est formé d'une mante religieuse en fer. Les autres garnitures en bronze argenté, à décor de dragons. Kotzuka à décor de tortues et d'oiseaux, signé sur la lame: «Mitsumassa ».

576. — Joli sabre à fourreau laqué, la poignée recouverte de cordonnet blanc arrêtant les deux menoukis en forme de feuilles aux armoiries des Ashikaga. Kotzuka et Kogaï, en bronze ciselé, à décor de pernages et du mon des Ashikaga.

577. — Grand sabre à fourreau laqué noir, simplement décoré du « bout de sabre » en forme de longue feuille de fougère d'argent remontant. Garde en fer incrustée d'or à décor de paysage. Poignée en galutcha; menoukis en forme de poignée de sabre.

Très belle lame.

578. — Grand sabre à fourreau de laque noir, décoré d'un arbuste fleuri en laque d'or et laque verte. Poignée en galutcha. Garniture en fer et shakoudo incrusté d'or.

579. — Grand sabre à fourreau laque brun, à garniture de cuivre.

Jolie garde incrustée d'or, signé Nao-Kuni.

580. — Grand sabre, le fourreau en laque noir marbré de taches d'or. Le bout et l'anneau sont en shakoudo granité incrusté d'or. Garde en fer incrusté d'or.

Lame signée Mune-Kyo.

581. — Grand sabre à fourreau laqué noir, décoré au laque d'or d'un gigantesque dragon, se retrouvant sur toute la garniture, bout, anneau et garde.

La lame du Kokuka est signée Yusan Niudo Kounissada. La lame du sabre porte la signaure Koku-yoski.

582. — Deux petits poignards minuscules, à fourreau de bois naturel, garniture cuivre et ivoire.

583. — Sabre court, dit ken, la lame étant à deux tranchants, le fourreau en laque rouge; kotzuka en fer décoré d'oiseaux au-dessus de la vague: garde cuivre, bout en ivoire.

584. — Deux poignard à fourreau laqué.

La lame d'un des Kotzukas est signée Uji-sada.

585. — Poignard à fourreau de bois naturel, à garniture d'ivoire. Très curieuse lame, martelée et rehaussée de dorure.

586. — Joli poignard, à fourreau de bambou sculpté, sur lequel est posé une grosse abeille.

587. — Très joli poignard, fourreau et poignée imitant une grande cosse de haricot, rehaussée d'un feuillage laque d'or.

588. — Sabre de médecin en bois naturel, garni d'ivoire, dont une longue inscription et un cachet, formant poésie sur la grenouille se préparant à entrer dans le lac.

Cachet Toi.

ARMES & DIVERS

589. — Petite boîte comprenant un arc démontable et six petites flèches.

590. — Ebira, ou Boîte carquois, contenant un arc et dix flèches.

591. — Deux autres arcs, l'un d'eux provenant des Aïnos.

592. — Deux fusils japonais, à batterie.

593. — Un lot de cinq jolies piques à lames droites et courbes.

594. — Une très intéressante pointe de lance en vieux bronze, à patine verdâtre, portant une longue inscription.

595. — Très beau Koto, harpe à treize cordes, rattachées à une caisse sonore qui repose sur le sol, et servant au Japon à l'accompagnement des « nagaüta ». Jolie pièce, en bois naturel, avec marquetterie et garniture d'étoffe ancienne.

596. — Joli shô, sorte d'orgue portative, dont les tuyaux sont de petits bambous. Ils viennent s'emboîter dans une petite caisse en laque noir, décoré au laque d'or d'un bel oiseau de Hô. Embouchoir d'argent.

597. — Tsuzumi, petit tambour en forme de sablier, que l'on frappe avec la main. Il figure aujourd'hui dans les concerts de Geisha et dans les Nô. Joli instrument en bois et cuir laqué et polychromé, à décor de fleurs.

598. — Trois stores en sparterie à décor fleuri.

PARAVENTS

599. — Une paire de paravents à deux feuilles, à décor d'habitations au milieu des cerisiers en fleurs, dont les jolies tonalités blanches ressortent sur le fond d'or patiné.

Ecole de Tosa. Collection de M. Dietrich

600 — Grand paravent à deux feuilles, couvertes de prières, séparées par cinquante petites figures de Bouddha en bois doré et sculpté.

Date : 8 avril, 7e année de Gen-rokou 1695. Pièce très intéressante au point de vue documentaire provenant de la collection du Baron Siebold.

ÉTOFFES

CHINE

601. — Long panneau en soie gris foncé, brodé de scènes des Pa'hsien.

1 m. 90 × 0 m. 95.

601b. — Cinq bandes brodées, en soie ancienne, à décor de personnages, de fleurs et d'oiseaux.

601c. — Deux jupes, richement brodées, en soieries polychromes.

Jolies pièces pouvant être utilisées comme dessus de pianos ou de cheminées (Seront divisées).

JAPON

602. — Très beau panneau, aux tonalités éteintes, brodé, en hauteur, d'un paon, au milieu de fleurs épanouis.

1 m. 65 × 0 m. 90.

603. — Joli manteau de prêtre, décoré, sur fond rouge brun, de dragons au milieu des nuages.

2 m. × 1 m. 10.

604. — Autre manteau de prêtre, décoré, sur fond saumon, d'un vol de cigognes, broché noir et blanc.

2 m. × 1 m. 10.

605. — Très beau panneau brodé en haut-relief, sur fond chenille, de trois dragons affrontés, au milieu des nuages. Très belle harmonie de couleurs en tonalités sobres.

1 m. 70 × 1 m. 15.

606. — Manteau de Samuraï, en soie bleue, décoré du mon des Tokougawa.

Collection Diëtrich

607. — Deux bandes d'étoffes brodées, style Persan.

608. — Jolie bande de soie crême, décorée de paons faisant la roue et de fleurs stylisées.

Imp. KELLER & POIRIER
88, Rue Rochechouart, 88
PARIS

www.ingramcontent.com/pod-product-compliance
Ingram Content Group UK Ltd.
Pitfield, Milton Keynes, MK11 3LW, UK
UKHW021655260726
13994UKWH00003B/1466